全国注册咨询工程师（投资）执业资格考试临考冲刺 9 套题

工程项目组织与管理

全国注册咨询工程师（投资）执业资格考试命题研究组　编

机 械 工 业 出 版 社

本书严格依据《注册咨询工程师(投资)资格考试大纲》和最新修订的教材进行编写。全书共由 9 套临考冲刺试题组成,每套试题均以标准试卷的形式精心编写,题量和题型的安排符合考试大纲要求,极具典型性和代表性。为方便考生检验复习效果,每套试题均附有参考答案,有助于考生全面提升应试能力。

图书在版编目(CIP)数据

工程项目组织与管理/全国注册咨询工程师(投资)执业资格考试命题研究组编 . —2 版 . —北京:机械工业出版社,2009.1

(全国注册咨询工程师(投资)执业资格考试临考冲刺 9 套题)

ISBN 978 - 7 - 111 - 23372 - 5

Ⅰ. 工… Ⅱ. 全… Ⅲ. 基本建设项目—项目管理—工程技术人员—资格考核—习题 Ⅳ. F284-44

中国版本图书馆 CIP 数据核字(2008)第 164931 号

机械工业出版社(北京市百万庄大街 22 号 邮政编码 100037)

责任编辑:关正美

封面设计:张 静 责任印制:乔 宇

北京中兴印刷有限公司印刷

2009 年 1 月第 2 版第 1 次印刷

184mm×260mm · 6.5 印张 · 159 千字

标准书号:ISBN 978 - 7 - 111 - 23372 - 5

定价:18.00 元

凡购本书,如有缺页、倒页、脱页,由本社发行部调换

销售服务热线电话:(010)68326294

购书热线电话:(010)88379639 88379641 88379643

编辑热线电话:(010)68327259

封面无防伪标均为盗版

前言

为严格工程咨询业市场准入条件，促其规范开展，经人事部、国家发展和改革委员会研究决定，我国于 2004 年开始实施全国注册咨询工程师（投资）执业资格考试制度。经过近几年的发展，一支知识面广、综合素质高、实践经验丰富的注册咨询工程师（投资）队伍已初步形成。通过考试取得资格证书，已成为广大专业技术人员进入注册咨询工程师（投资）行业的法定途径，也必将成为增强企业与个人竞争能力的重要砝码。

为帮助广大考生顺利通过 2009 年全国注册咨询工程师（投资）执业资格考试，特组织国内知名高校、行业协会、龙头企业中一些具有丰富工程咨询经验、熟悉考试特点的人员组成命题研究组，编写了本套 2009 版"全国注册咨询工程师（投资）执业资格考试临考冲刺 9 套题"。

本套丛书共分为《工程咨询概论》、《宏观经济政策与发展规划》、《工程项目组织与管理》、《项目决策分析与评价》和《现代咨询方法与实务》五个分册，严格依据《注册咨询工程师（投资）资格考试大纲》和最新修订的教材进行编写。每个分册都由 9 套临考冲刺试题组成，具体的体例安排如下：

冲刺试题： 以全国注册咨询工程师（投资）执业资格考试标准试卷的形式精心编写，题量和题型的安排符合 2009 年考试信息和要求。题目的选择建立在研究组成员精准预测的基础之上，极具典型性和代表性。通过这些全真模拟试题的"热身"，考生可以提前体验考场氛围，做好临考前的冲刺准备。

参考答案： 为方便考生检验复习效果，做好查缺补漏工作，每套试题后均给出了参考答案。针对《现代咨询方法与实务》这门主观题科目，还提供了详尽的解析步骤和解题过程，有助于考生更加全面、准确地掌握考试内容。

本套丛书是命题研究组成员在对历年真题试卷进行认真分析与解读的基础上，严格依据最新考试大纲编写而成，题型的设置、题量的分布及难易程度完全符合考试大纲要求。建议考生严格遵照考试时间进行答题，真正发挥试题的模拟功能，体现试题的模拟价值，从而提前进入应试状态。

为了帮助更多的考生顺利通过考试，本套丛书还免费提供相关考试内容的答疑辅导服务。如果您对本套丛书中的任何内容有疑问或在复习中遇到疑难问题，均可通过电子邮箱（kaoshidayi@sina.com）与我们联系，命题研究组成员将为您提供满意的答复！

最后，祝广大考生顺利通过考试！

全国注册咨询工程师（投资）执业资格考试命题研究组

CONTENTS 目 录

全国注册咨询工程师（投资）执业资格考试介绍

一、全国注册咨询工程师（投资）执业资格考试科目

科目 1：工程咨询概论（考试时间：150 分钟，满分 130 分）

科目 2：宏观经济政策与发展规划（考试时间：150 分钟，满分 130 分）

科目 3：工程项目组织与管理（考试时间：150 分钟，满分 130 分）

科目 4：项目决策分析与评价（考试时间：150 分钟，满分 130 分）

科目 5：现代咨询方法与实务（考试时间：180 分钟，满分 130 分）

二、全国注册咨询工程师（投资）执业资格考试成绩管理

咨询工程师考试以 3 年为一个周期，参加全部科目考试的人员须在三个考试年度内通过全部应试科目考试。参加部分科目考试的人员（指符合部分科目免试人员）须在一个考试年度内通过应试科目考试。

三、全国注册咨询工程师（投资）执业资格考试题型及考场注意事项

《工程咨询概论》、《宏观经济政策与发展规划》、《工程项目组织与管理》、《项目决策分析与评价》4 个科目考试题型为客观题，全部在答题卡上作答，阅卷工作由各省（自治区、直辖市）人事考试中心组织实施。

《现代咨询方法与实务》科目考试题型为主观题，采用网络阅卷，在专用的答题卡上作答，考生在考前应注意以下几个问题：

（1）答题前要仔细阅读答题注意事项（答题卡首页）。

（2）严格按照指导语要求，根据题号标明的位置，在有效区域内作答。

（3）为保证扫描质量，须使用钢笔或签字笔（黑色）作答。

（4）该科目阅卷工作由全国统一组织实施，具体事宜另行通知。

考生应考时，应携带钢笔或签字笔（黑色）、2B 铅笔、橡皮、计算器（无声、无编辑储存功能）。草稿纸由各地人事考试中心配发，用后收回。

四、《工程项目组织与管理》科目考试答题技巧

（一）单项选择题答题技巧

单项选择题由题干和 4 个备选项组成，备选项中只有 1 个最符合题意，其余 3 个都是干扰项。如果选择正确，则得 1 分，否则不得分。单项选择题大部分来自考试用书中的基本概念、原理和方法，一般比较简单。应试者应全面复习，争取在单项选择题作答中得到高分。

应试者在作答单项选择题时，可以考虑采用以下 4 种方法：

（1）直接选择法。如果应试者对试题内容比较熟悉，可以直接从备选项中选出正确项，以节约时间。

（2）逻辑推理法。当无法直接选出正确项时，可以采用逻辑推理的方法进行判断，选出正确项。

（3）排除法。当无法直接选出正确项时，也可以通过逐个排除不正确的干扰项，最后选出正确项。

（4）猜测法。通过排除法仍不能确定正确项时，可以凭感觉进行猜测。当然，排除的备选项越多，猜中的几率就越大。单项选择题一定要作答，不要空缺。

（二）多项选择题答题技巧

多项选择题由题干和 5 个备选项组成，备选项中至少有 2 个、最多有 4 个最符合题意，至少有 1 个是干扰项。因此，正确选项可能是 2 个、3 个或 4 个。如果全部选择正确，则得 2 分；只要有 1 个备选项选择错误，该题不得分。如果答案中没有错误选项，但未全部选出正确选项时，选择的每 1 个选项得 0.5 分。

多项选择题的作答有一定难度，应试者考试成绩的高低及能否通过考试科目，在很大程度上取决于多项选择题的得分。在没有绝对把握的情况下，可以少选择备选项。

与单项选择题的作答一样，多项选择题的作答也可以采用直接选择法、逻辑推理法、排除法，但要慎用猜测法。应试者在作答多项选择题时应先选择有把握的正确选项，对没有把握的备选项最好不选，宁"缺"勿"滥"。当对所有备选项均没有把握时，可以采用猜测法选择 1 个备选项，得 0.5 分总比不得分强。

（三）选择题填涂技巧

应试者在标准化考试中最容易出现的问题之一就是填涂不规范，以致在机器阅读答题卡时产生误差。解决这类问题的最简单方法是将铅笔削好。铅笔不要削得太细、太尖，应将铅笔削磨成马蹄状或直接削成方形，这样，一个答案信息点最多涂两笔就可以涂好，既快又标准。

在进入考场接到答题卡后，不要忙于答题，而应在监考老师的统一组织下将答题卡的表头按要求进行"两填两涂"，即用蓝色或黑色钢笔、签字笔填写姓名和准考证号；用 2B 铅笔涂黑考试科目和准考证号。不要漏涂、错涂考试科目和准考证号。

在填涂选择题时，应试者可根据自己的习惯选择下列几种方法进行：

（1）审涂分离移植法。应试者接到试题后，先审题，并将自己认为正确的答案轻轻标记在试卷相应的题号旁，或直接在自己认为正确的备选项上做标记。待全部题目做完后，经反复检查确认不再改动后，将各题答案移植到答题卡上。采用这种方法时，需要在最后留有充足的时间进行答案移植，以免移植时间不够。

（2）审涂结合并进法。应试者接到试题后，一边审题，一边在答题卡相应位置上填涂，边审边涂，齐头并进。采用这种方法时，一旦要改变答案，需要特别注意将原来的选择记号用橡皮擦干净。

（3）审涂记号加重法。应试者接到试题后，一边审题，一边将所选择的答案用铅笔在答题卡相应位置上轻轻记录（打钩或轻涂），待审定确认不再改动后，再加重涂黑。与审涂分离移植法一样，这种方法也需要在最后留出充足的时间进行加重涂黑。

全国注册咨询工程师（投资）执业资格考试临考冲刺9套题

工程项目组织与管理（一）

一、单项选择题（共60题，每题1分。每题的备选项中，只有1个最符合题意）

1.（   ）广泛应用于工程项目的进度控制、费用控制、质量控制等过程中。
   A. 全程控制   B. 过程控制   C. 动态控制   D. 静态控制

2.（   ）有时也称为"特许经营权"方式，它是指某一财团或若干投资人作为项目的发起人，从一个国家的中央或地方政府获得某项基础设施的特许建造经营权，然后由此类发起人联合其他各方组建股份制的项目公司，负责整个项目的融资、设计、建造和运营。
   A. PFI/PPP   B. CM   C. BOOT   D. BOT

3. 为了保证国家经济的健康发展，国家必须控制外资、外债规模和增长速度在合理的范围内，避免由于外债规模特别是（   ）外债规模（   ）而对国民经济的发展产生影响。
   A. 长期 过大   B. 长期 过小   C. 短期 过大   D. 短期 过小

4. 工程项目实施完成后，很难推倒重来，否则将会造成严重损失，因此工程建设具有（   ）。
   A. 不可逆转性   B. 一次性   C. 永久性   D. 固定性

5. 资源开发类项目包括对金属矿、煤矿、石油天然气矿、建材矿以及水（力）、森林等资源的开发，应分析拟开发资源的（   ）等，评价是否符合资源综合利用的要求。
   A. 可开发量   B. 自然品质   C. 赋存条件   D. 开发价值

6. 优厚的利润，及时提供施工图纸，最小限度的变动，原材料和设备及时送达工地，这些都属于（   ）的要求和期望。
   A. 业主   B. 承包商   C. 咨询部门   D. 供应部门

7. 所谓（   ），即要通过沟通使项目成员知道由顾客、项目主办者和管理者所作出的与项目实施及其业务环境相关的所有决策，从而与相关决策保持高度一致性。
   A. 责任要求   B. 协作要求   C. 决策要求   D. 项目进展情况

8.（   ）可以建立试验室对可交付成果进行采样试验，或委托具有相应资质的、独立的第三方进行相关试验，出具试验报告。
   A. 设计单位   B. 承包方   C. 施工方   D. 业主方

9.（   ）是项目管理过程中的一项重要活动，通常是指项目管理人员在执行计划的过程中，按计划标准衡量所取得的成果，纠正发生的偏差，最终实现项目目标的管理过程。
   A. 控制   B. 计划   C. 检查   D. 组织

10.（   ）是指投资方经过规定的程序，委托相应资质的工程管理公司或具备相应工程管理能力的其他企业，代理投资人或建设单位组织和管理项目建设的模式。
   A. CM模式   B. 委托制   C. 代建制   D. 指定制

11. 如果（   ）层次内信息传递的方式与渠道适宜，传递速度快，关系容易协调，其管理幅度就可（   ）一些。

    A. 不同　小　　　　B. 不同　大　　　　C. 同一　大　　　　D. 不同　小

12. 美国洛克希德公司在 20 世纪 70 年代提出了一套（　　），主要是确定影响管理幅度的因素，并将各因素进行分级并赋予一定的指数；针对某一职位的具体情况，计算其分值，然后根据助手配备情况对分值修正后，对照管理幅度建议表得出管理幅度。

    A. 定性分析方法　　B. 指数分析方法　　C. 幅度分析方法　　D. 定量分析方法

13. （　　）是指拟建项目是否符合有关的国民经济和社会发展总体规划、专项规划、区域规划等要求，项目目标与规划内容是否衔接和协调。

    A. 发展规划分析　　B. 产业政策分析　　C. 行业准入分析　　D. 市场态势分析

14. 工程项目综合管理的过程是一种（　　）过程。

    A. 有组织的计划管理　　　　　　　　　　B. 有计划、有指挥的管理

    C. 有组织、有计划的动态管理　　　　　　D. 有计划、有秩序的动态管理

15. 绩效目标的设定要以（　　）为依据，而不能任意设定；另一方面，这些标准应足够清楚和客观，以便被理解和测量。

    A. 工作进展　　　　B. 合同文件　　　　C. 工作分析　　　　D. 工作绩效报告

16. （　　）是整个人力资源计划的重要部分，在制定计划时，一定要尽可能按项目对人力资源在时间、技能、合作、数量等方面的要求来安排，以保证项目的进度与质量。

    A. 角色和职责安排计划　　　　　　　　　B. 项目组织计划

    C. 人员配备计划　　　　　　　　　　　　D. 人力资源需求计划

17. 成员与（　　）之间的磨合包括成员对具体任务的熟悉和专业技术的掌握与运用，成员对团队管理与工作制度的适应与接受，成员与整个团队的融合及与其他部门关系的重新调整。

    A. 环境　　　　　　B. 所在组织　　　　C. 成员　　　　　　D. 客户

18. （　　）提出的工作范围变更主要是考虑便于施工，同时也考虑在至少满足项目现有功能的前提下，可以降低费用和缩短工期。

    A. 咨询工程师　　　B. 设计单位　　　　C. 业主　　　　　　D. 承包商

19. 对于工作量小、时间紧的项目可能采取（　　）的组织结构。

    A. 职能式　　　　　B. 项目式　　　　　C. 矩阵式　　　　　D. 复合式

20. （　　）是指项目内部各专业之间的"接口"，包括在专业交叉与衔接点上如何进行相互分工与协作等。

    A. 组织界面　　　　B. 人际关系界面　　C. 技术界面　　　　D. 管理界面

21. 建设行政监督部门自收到备案材料之日起（　　）个工作日内没有提出异议，招标人可发布招标公告或发出投标邀请书。

    A. 3　　　　　　　　B. 5　　　　　　　　C. 7　　　　　　　　D. 10

22. 一个招标工程只能编制一个标底，且只能由招标人（　　），任何单位和个人不得强制招标人对其进行编制或报审。

    A. 自行编制　　　　　　　　　　　　　　B. 委托中介机构编制

    C. 自行编制或委托中介机构编制　　　　　D. 要求投标人编制

23. 为了做好项目组织计划工作，人力资源管理最基础的工作是（　　）。

    A. 工作分析　　　　　　　　　　　　　　B. 职责安排

    C. 项目经理角色的确定　　　　　　　　　D. 人员的配备

24. 重要设备、材料等货物的采购，单项合同估算价在（　　）万元人民币以上的工程建设项

目，必须进行招标。

    A. 30   B. 50   C. 100   D. 200

25. 招标文件的发放：自招标文件出售之日起至停止出售之日止，最短不得少于（　　）个工作日。

    A. 3   B. 5   C. 7   D. 10

26. 评标委员会拟定的（　　）应当载明投标人的投标报价、所作的任何修正、对商务偏差的调整、对技术偏差的调整、对各评审因素的评估以及对每一投标的最终评审结果。

    A. 标价比较表   B. 综合评估比较表

    C. 基本情况和数据表   D. 投标一览表

27. （　　）也即工程建设中涉及的重要设备、材料的采购合同，是指平等主体的自然人、法人、其他组织之间，为实现工程项目货物买卖，设立、变更、终止相互权利和义务关系的协议。

    A. 材料采购合同   B. 设备采购合同   C. 货物采购合同   D. 工程施工合同

28. 评标委员会提出书面评标报告后，招标人一般应当在（　　）日内确定中标人。

    A. 7   B. 10   C. 15   D. 30

29. 监理合同的标的是（　　），是以对工程项目实施控制和管理为主要内容，委托的工作内容，必须符合工程项目建设程序，委托人与监理人，应当依据法律规定和合同约定，全面、实际地履行委托监理合同的义务，从而确保委托人的权利得以实现。

    A. 服务   B. 代理   C. 委托   D. 咨询

30. 作出裁决后的（　　）天内，任何一方未提出不满意裁决的通知，则此裁决即为最终的决定。

    A. 28   B. 45   C. 56   D. 30

31. 为了保证工程的质量，工程师除了按合同规定进行正常的检验外，还可以在认为必要时依据（　　）指示承包商变更规定检验的位置或细节，进行附加检验或试验等。

    A. 质量体系   B. 现场资料   C. 进度情况   D. 变更程序

32. 工程施工合同的（　　）是工程，包括土木建筑工程和建筑范围内的线路、管道、设备安装工程的新建、扩建、改建及相应的装饰装修活动。

    A. 范围   B. 主体   C. 客体   D. 标的

33. 变更价款的确定方法是（　　）。

    A. 合同中已有适用于变更工程的价格，按合同已有的价格计算变更合同价款

    B. 合同中只有类似于变更工程的价格，可以参照此价格确定变更价格，变更合同价款

    C. 合同中没有适用或类似于变更工程的价格，由承包人提出适当的变更价格，经工程师确认后执行

    D. 以上均正确

34. 根据施工进度工期延误的有关规定，若一周内非承包人原因停水、停电、停气造成停工而使工期延误累计达（　　）小时，承包人不承担违约责任。

    A. 8   B. 16   C. 24   D. 48

35. 监理工程师不能按时参加验收时，可向承包人提出延期要求，延期不能超过（　　）。

    A. 半天   B. 1 天   C. 2 天   D. 5 天

36. （　　）是货物由供货人转移给购货人的具体时间要求，它涉及合同是否按期履行问题和货物意外损失危险的责任承担问题。

A. 取货期限　　　　　B. 到货时间　　　　　C. 交货日期　　　　　D. 交货期限

37. （　　）就是通过各种纠偏措施，控制进度计划的变更，保证进度计划目标的实现。
A. 工作顺序安排　　B. 工作时间估算　　C. 进度计划　　　　D. 进度控制

38. 发包人自收到竣工结算报告及结算资料后（　　）天内进行核实，确认后支付工程竣工结算价款。
A. 7　　　　　　　　B. 14　　　　　　　C. 28　　　　　　　D. 30

39. 下列关于货物采购合同中结算条款的叙述，不正确的是（　　）。
A. 目前我国转账结算方式运用比较普遍
B. 转账结算方式包括异地托收承付、异地委托收款信用证结算、汇总结算、票据结算等
C. 合同中应明确规定贷款的结算方法及结算时间，并注明双方的开户银行和账户名称、账号
D. 结算条款中应注明一次付清还是分期分批付清，并注明结算人

40. 工作定义的基本依据是（　　）。
A. 工作范围大小　　　　　　　　　　　B. 范围管理中作出的 WBS
C. 项目范围说明书　　　　　　　　　　D. 历史资料

41. 网络图中从起点节点开始，沿箭头方向顺序通过一系列箭线与节点，最后到达终点节点的通路称为（　　）。
A. 线路　　　　　　B. 关键线路　　　　C. 工序　　　　　　D. 次要线路

42. （　　）是工作和工作之间的逻辑关系和工作的持续时间都具有不肯定性（即某些工作可能根本不进行，而另一些工作则可能进行多次）而按概率处理的网络计划技术。
A. 关键线路法　　　B. 类比估算法　　　C. 计划评审技术　　D. 图示评审技术

43. 工程项目进度监测的主要环节是（　　）。
A. 进度计划执行中的跟踪检查　　　　　B. 实际进度数据的加工处理
C. 现场实地检查工程进展情况　　　　　D. 实际进度与计划进度的对比分析

44. 6 个月以上的病假人员工资、职工死亡丧葬补助费、抚恤费及按规定支付给离退休干部的各项经费属于（　　）。
A. 工会经费　　　　　　　　　　　　　B. 劳动保险费
C. 职工养老保险费及待业保险费　　　　D. 保险费

45. 根据《建筑安装工程费用项目组成》文件的规定，下列属于规费的是（　　）。
A. 环境保护费　　　B. 工程排污费　　　C. 安全施工费　　　D. 文明施工费

46. （　　）是指在工程项目中每项工作在单位时间内完成的任务量相等，此时每项工作累计完成的任务量与时间成线性关系，完成的任务量可以用实物工程量、劳动消耗量或费用支出表示，或用其物理量的百分率表示。
A. "香蕉"曲线比较法　　　　　　　　B. S 形曲线比较法
C. 匀速进展横道图比较法　　　　　　　D. 非匀速进展横道图比较法

47. （　　）是指施工机械作业所发生的机械使用费以及机械安拆费和场外运费。
A. 材料费　　　　　　B. 措施费　　　　　C. 规费　　　　　　D. 施工机械使用费

48. （　　）是一个系统工程，既要保证各个任务得到合适的资源，又要努力实现资源总量最少及使用平衡。
A. 资源消耗计划　　B. 资源分配　　　　C. 资源供给分析　　D. 资源需求分析

49. 在设计概算的编制方法中，不是工程项目总概算组成内容的是（　　）。

A. 单项工程综合概算

B. 工程建设其他费用概算

C. 预备费、建设期利息、固定资产投资方向调节税、经营性项目铺底流动资金

D. 工程保险费

50. 当初步设计达到一定深度、建筑结构比较明确时，可采用（　　）编制建筑工程概算。

    A. 扩大单价法　　　　B. 概算指标法　　　　C. 综合单价法　　　　D. 综合指标法

51. 下列说法中，不是工程咨询成果质量评审重要意义的是（　　）。

A. 建立评审制度是保证咨询成果质量合格和提高的重要手段

B. 有利于提高咨询公司的竞争力

C. 有利于工程咨询单位资格升级和扩大业务范围

D. 通过咨询质量评价，可以督促施工单位把好项目的质量关

52. 在工程项目设计过程的质量管理中，下列关于建立设计经理质量责任制的说法，错误的是（　　）。

A. 设计经理在项目经理领导下，对设计过程进行管理，监督检查设计各专业执行公司质量体系文件、项目质量计划，确保设计产品和服务满足合同规定的质量要求

B. 组织设计策划，并将策划结果编入设计计划

C. 根据项目计划、项目质量计划和设计计划的规定，对设计过程进行控制

D. 负责指导和监督参加项目组工作的专业人员在生产活动中执行公司的质量体系文件，并采取措施对专业的设计过程实施有效的控制

53. 下列不属于设计各部室质量职责的是（　　）。

A. 负责各专业间的衔接

B. 负责设备、材料供货厂商报价的技术评审

C. 负责项目中各专业标准、规范的采用，并确保使用现行有效版本

D. 在实施项目变更或用户变更过程中，严格执行设计更改程序

54. 在施工前准备阶段，为了使施工单位了解设计意图，（　　）要组织由设计单位和施工单位参加的设计交底和设计会审会议。

    A. 风险管理经理　　　　　　　　　　B. 项目经理

    C. 设计经理　　　　　　　　　　　　D. 咨询（监理）工程师

55. 项目风险管理最重要的目标是（　　）。

A. 为项目实施创造安全的环境

B. 减少环境或内部对项目的干扰

C. 使项目的三大目标——投资成本、质量、工期，得以实现

D. 使竣工项目的效益稳定

56. 项目风险识别的参与者应包括（　　）。

    A. 项目团队　　　　B. 风险管理小组　　　　C. 客户　　　　D. 以上都是

57. 下列对风险概率和后果这两个维度描述不正确的是（　　）。

A. 适用于描述项目整体

B. 适用于描述具体的风险事件

C. 可以帮助甄别出那些需要强有力加以控制与管理的风险

D. 一般用定性语言把风险的发生概率及其后果描述为极高、高、中、低、极低 5 级

58. 从现有意义上讲，（　　）是指在施工图设计完成以后，根据施工图纸和工程量计算规则

计算工程量，套用有关工程造价计算资料编制的单位工程或单项工程预算价格的文件。

    A. 投资估算   B. 设计概算   C. 标底和投标报价   D. 施工图预算

59. (　　)每周应对现场的临时用电设施、消防设施、医疗设施、劳动保护用品等进行检查并填写相应的表格。

    A. 业主   B. 咨询工程师   C. 施工承包商   D. 监理工程师

60. (　　)是费用控制的步骤之一，是指根据项目实施情况估算整个项目完成时的费用，其目的在于为决策提供支持。

    A. 比较   B. 分析   C. 预测   D. 纠偏

二、多项选择题（共35题，每题2分。每题的备选项中，有2个或2个以上符合题意，至少有1个错项。错选，本题不得分；少选，所选的每个选项得0.5分）

61. 从业主方的角度而言，传统项目管理模式的缺点包括(　　)。

    A. 不可自由选择监理人员监理工程

    B. 不可采用各方均熟悉的标准合同文本，不利于合同管理和风险管理

    C. 项目设计－招投标－建造的周期较长，监理工程师对项目的工期不易控制

    D. 管理和协调工作较复杂，业主管理费较高，前期投入较高

    E. 对工程总投资不易控制，特别是设计过程中对"可施工性（Constructability）"考虑不够时，容易产生变更，从而引起较多的索赔

62. 工程项目业主对工程项目进行管理的主要目的是(　　)。

    A. 实现投资主体的投资目标和期望

    B. 努力使工程项目投资控制在预定或可接受的范围之内

    C. 保证工程项目建成后在项目功能和质量上达到设计标准

    D. 保证项目的质量、投资、目标的实现

    E. 节约成本，保证工期

63. 银行信贷部门将贷款调查等有关评价报告汇总整理后，形成贷款报审材料，报银行审贷机构审查。银行对贷款的审查重点有(　　)。

    A. 贷款的直接用途是否符合国家与银行的有关规定

    B. 借款人是否符合借款资格条件

    C. 借款人的信用承受能力如何

    D. 借款人的发展前景、主要产品结构、新产品开发能力、主要领导人的工作能力与组织能力

    E. 借款人以往借款的信用度

64. 工程项目管理的基本方法就是综合运用各种知识和资源，通过(　　)等活动，以达到工程项目的建设目标。

    A. 沟通   B. 计划

    C. 组织   D. 协调

    E. 控制

65. 下列属于制定工程项目计划的主要步骤的是(　　)。

    A. 清晰地定义工程项目目标

    B. 把工程项目范围详细划分为各个工作包

    C. 为了实现工程项目目标，需要明确每一个工作包所必须完成的具体任务，并由承担该工作包任务的管理者提出详细的工作计划

D. 汇总各工作包的计划并以网络图或横道图等表现形式表示各项任务和工作，表明各项任务之间的逻辑关系，安排协调一致的进度计划

E. 确定关键控制点的检查内容、范围和时间

66. 工程项目目标系统建立过程包括（　　）。

A. 工程项目设计
B. 识别需求
C. 提出项目目标
D. 建立目标系统
E. 工程项目评价

67. 建设对环境有影响的项目，不论投资主体、资金来源、项目性质和投资规模，都应当依照（　　）的规定，进行环境影响评价，向有审批权的环境保护行政主管部门报批环境影响评价文件。

A.《中华人民共和国环境保护法》
B.《环境保护标准规范》
C.《中华人民共和国环境影响评价法》
D.《中华人民共和国建设项目环境保护法》
E.《建设项目环境保护管理条例》

68. 银行对贷款项目的贷前管理有（　　）。

A. 对借款人进行财务评价
B. 受理借款人的借款申请
C. 进行信用评价分析
D. 贷款风险预警
E. 对贷款项目进行评估

69. 在建立专家库系统时要做一系列的准备工作，包括（　　）等。

A. 专家推荐
B. 资料收集和入库
C. 专业分类
D. 会议的通知
E. 议题的安排

70. 项目式组织结构的缺点不包括（　　）。

A. 信息回路比较复杂

B. 项目成员处于多头领导状态

C. 项目团队与公司之间的沟通基本上依靠监理工程师

D. 项目组织成为一个相对封闭的组织，公司的管理与决策在项目管理组织中贯彻可能遇到阻碍

E. 项目团队与公司之间的沟通基本上依靠项目经理，容易出现沟通不够和交流不充分的问题

71. 借款人财务状况及偿债能力评估主要包括（　　）。

A. 投资回收期分析
B. 财务净现值分析
C. 资产负债分析
D. 盈利能力分析
E. 现金流量分析

72. 工程项目沟通管理的特征有（　　）。

A. 复杂性
B. 逻辑性
C. 系统性
D. 协调性
E. 合作性

73. 建立工作分解结构需要完成的工作有（　　）。

A. 分解项目目标

B. 确定工作分解结构的结构与编排

C. 将工作分解结构的上层分解到下层的组成部分

D. 对工作分解结构的各个组成部分进行编码

E. 核实工作分解的程度是否必要和是否已经满足控制要求

74. 项目经理协调内外关系的主要工作包括（　　）。

　　A. 与委托方或顾客及时进行有效的沟通

　　B. 与项目所在单位的有关领导保持信息的畅通

　　C. 与项目所在单位的职能部门保持适当的互动关系

　　D. 在团队内部形成统一、有序、高效的工作氛围

　　E. 进行合理的分工与适度的授权

75. 通过对投标申请人进行资格预审，可以对众多投标申请人的（　　）进行调查，从而选择在技术、财务和管理各方面都能满足招标工程需要的投标人参加投标。

　　A. 技术水平　　　　　　　　　　　　　B. 标底

　　C. 财务实力　　　　　　　　　　　　　D. 业绩

　　E. 施工经验

76. 职能划分法的特点有（　　）。

　　A. 有利于提高组织的专业化程度

　　B. 提高管理人员的技术水平

　　C. 可能使项目人员缺乏总体眼光

　　D. 不利于高级管理人员与项目运作人员的培养

　　E. 各部门之间易出现衔接问题

77. 工程项目组织计划内容中的有关说明主要包括（　　）。

　　A. 人员需求　　　　　　　　　　　　　B. 人员配备

　　C. 组织关系图表　　　　　　　　　　　D. 组织结构形式的影响

　　E. 工作描述

78. 项目经理在组织进行项目工作分解时应注意（　　）。

　　A. 工作结构分解是开展项目工作的一个必经过程

　　B. 注意分解的方法

　　C. 对分解出来的每一工作单元与工作包要明确相关指标与内容

　　D. 明确工作包内各工作之间的相互逻辑关系

　　E. 分解的目的是为了缩短工期较快地完成工作任务

79. 下列关于标底的说法，正确的是（　　）。

　　A. 标底是我国工程招标中的特有概念　　B. 标底是投标人对建设工程预算的期望值

　　C. 一个招标工程并非只能编制一个标底　　D. 标底是计算出来的工程造价

　　E. 某些项目可以不编制标底

80. 下列不属于发包人义务的是（　　）。

　　A. 将施工所需水、电、通信线路从施工场地外部接至双方约定地点，并保证满足施工期间的需要

　　B. 组织设计、施工、监理等有关单位进行竣工验收并办理竣工验收备案手续

　　C. 建立、健全并及时向建设行政主管部门或者其他有关部门移交建设项目档案

　　D. 按工程需要提供非夜间施工使用的照明、围栏设施，并负责安全保卫

　　E. 按双方约定的数量和要求，向发包人提供在施工现场办公和生活的房屋及设施，发生费用由发包人承担

81. 一般来讲，资格审查方式可分为（　　）。
    A. 口头调查
    B. 现场考核
    C. 开标前评审
    D. 资格预审
    E. 资格后审

82. 承包人的义务包括（　　）。
    A. 根据发包人的委托，在其设计资质允许的范围内，完成施工图设计或与工程配套的设计，经监理工程师确认后使用，发生的费用由发包人承担
    B. 向工程师提供年、季、月工程进度计划及相应进度统计报表
    C. 保证施工场地清洁，符合环境卫生管理的有关规定
    D. 无偿向发包人提供施工现场办公和生活的房屋及设施，承包人负责各项费用
    E. 开通施工场地与城乡公共道路的通道

83. 在工程项目进度管理中，下列有关工作定义说法正确的是（　　）。
    A. WBS通过子单元来表达主单元，每一工作的编码不是唯一的
    B. 工作定义确定的最终成果是计划进行的工作，而不是可交付的成果
    C. 工作定义的成果是一份工作清单、详细依据和修正的工作分解结构的更新
    D. 在进行工作定义时，历史资料可有可无
    E. 应借用历史资料、参照过去的模板

84. 下列属于人工费的是（　　）。
    A. 基本工资
    B. 工资性质的津贴
    C. 加班费
    D. 保险费
    E. 法定的安全福利费

85. 下列不属于网络图中时间参数的是（　　）。
    A. 最早开始时间
    B. 最早完成时间
    C. 总时差
    D. 工作持续时间
    E. 计划工期

86. 工作时间估算应由项目团队中最熟悉某一具体工作性质的个人或集体来完成，一般进行工作时间估算采用的方法有（　　）。
    A. 类比估算
    B. "香蕉"曲线法
    C. 利用历史数据
    D. 模拟法
    E. 专家判断估算

87. 在工程项目进度计划中，编制进度计划的工作成果包括（　　）。
    A. 工程项目进度计划
    B. 辅助进度计划
    C. 进度管理计划
    D. 工程项目进度的详细依据
    E. 资源消耗计划

88. 按照《建筑安装工程费用项目组成》的规定，建筑安装工程直接工程费中材料费包括材料（　　）。
    A. 运杂费
    B. 二次搬运费
    C. 运输损耗费
    D. 检验试验费
    E. 采购及保管费

89. 资源消耗计划编制的依据是（　　）。
    A. WBS
    B. 范围说明书

    C. 进度计划   D. 资源储备说明

    E. 资源供需分析

90. 设计概算由（   ）组成。

    A. 单位工程概算   B. 单项工程综合概算

    C. 工程项目总概算   D. 单位设备及工程概算

    E. 工程建设其他费用概算

91. 项目设计计划除应包括项目质量目标和对质量控制的要求外，还应包括一些必要的附件，这些附件包括（   ）。

    A. 设计合同   B. 设计采用的规范和标准

    C. 设计项目表   D. 项目设计数据表

    E. 项目基础资料

92. 风险识别的代表性方法有（   ）。

    A. 文件审查   B. 信息采集技术和图形技术

    C. 核对表分析   D. 假设分析

    E. 数据精度排队

93. 采购及保管费包括（   ）。

    A. 采购费   B. 仓储费

    C. 工地保管费   D. 运输损耗费

    E. 仓储损耗费

94. 设计过程中，HSE 管理工作应当遵照国家有关技术规范和技术标准，对建造目标进行（   ）。

    A. 危险性估计   B. 设计变更控制

    C. 可建造性评价   D. 可操作性评价

    E. 过程危险评价

95. 下列不属于赢得值法评价指数的是（   ）。

    A. 计划工作预算费用   B. 已完成工作实际费用

    C. 费用偏差   D. 进度偏差

    E. 进度绩效指数

参考答案

一、单项选择题

1	C	2	D	3	C	4	A	5	A
6	B	7	C	8	D	9	A	10	C
11	C	12	D	13	A	14	D	15	C
16	C	17	A	18	D	19	A	20	C
21	B	22	C	23	A	24	C	25	B
26	B	27	C	28	C	29	A	30	A
31	D	32	D	33	D	34	A	35	C
36	D	37	D	38	C	39	D	40	B
41	A	42	D	43	D	44	B	45	B
46	C	47	D	48	B	49	D	50	A
51	D	52	D	53	A	54	D	55	C
56	D	57	A	58	D	59	C	60	C

二、多项选择题

61	CDE	62	BCDE	63	ABCD	64	BCDE	65	ABCD
66	BCD	67	CE	68	ABCE	69	ABC	70	ABC
71	CDE	72	AC	73	BCDE	74	ABCD	75	ACDE
76	ABCD	77	DE	78	ABCD	79	ADE	80	DE
81	DE	82	ABC	83	BCE	84	ABCE	85	DE
86	ACDE	87	ABCD	88	ACDE	89	ABCD	90	ABC
91	ACDE	92	ABCD	93	ABCE	94	ABCD	95	AB

工程项目组织与管理（二）

一、单项选择题（共60题，每题1分。每题的备选项中，只有1个最符合题意）

1. 传统的项目管理模式即"设计—（　　）—建造"模式，将设计、施工分别委托给不同单位来承担。
   A. 组织　　　　　　　　B. 控制　　　　　　　　C. 管理　　　　　　　　D. 招投标

2. （　　）是指利用私人或私营企业资金、人员、技术和管理优势，向社会提供长期优质的公共产品和服务。
   A. PFI/PPP　　　　　　B. CM　　　　　　　　C. BOOT　　　　　　　D. BOT

3. （　　）包括项目需要占用的重要资源品种、数量及来源情况；分析评价项目建设是否会对地表（下）水等其他资源造成不利影响等。
   A. 资源开发方案　　　B. 资源调查方案　　　C. 资源利用方案　　　D. 资源节约方案

4. 工程的（　　）决定了生产要素的流动性。
   A. 完整性　　　　　　B. 固定性　　　　　　C. 周期性　　　　　　D. 一次性

5. 为项目提供资金贷款的各金融机构，从其所提供资金的安全性、流动性、（　　）等方面考虑，对项目进行了解、评估、分析及控制等，是一种不完全意义上的项目管理。
   A. 风险性　　　　　　B. 收益性　　　　　　C. 回报性　　　　　　D. 效益性

6. 规格明确，从订货到发货的时间充裕，有很高的利润率，最低限度的非标准件使用量，质量要求合理，这些都属于（　　）的要求和期望。
   A. 承包商　　　　　　B. 供应商　　　　　　C. 政府机构　　　　　D. 金融机构

7. 大部分项目具有相同的或相似的建设周期，因而对于项目建设周期的每个阶段而言，也就具有相同的或相似的（　　）。
   A. 模板　　　　　　　B. 可行性研究工作　　C. 标段　　　　　　　D. 可支付成果

8. （　　）提供的设计图纸的缺陷是当一个项目被划分成多个合同时，无法从图纸上区分各个合同的具体内容。
   A. 业主　　　　　　　B. 承包方　　　　　　C. 第三方　　　　　　D. 施工方

9. 系统控制强调运用（　　）的方法，考虑工程项目整个寿命周期的影响，制订最佳资源配置和实现最优目标的工程项目计划。
   A. 静态控制　　　　　B. 投资偏差分析　　　C. 价值工程　　　　　D. 动态控制

10. （　　）模式由"项目法人"采用招标投标方式选定一个工程管理单位作为"代建单位"，与"代建单位"（受托方）签订"代建合同"。
    A. 代建制合同　　　　B. 委托代理合同　　　C. CM合同　　　　　　D. 委托合同

11. 工程项目管理组织体系包括项目的（　　）和服务支持两个子系统，每个子系统又包含了承担相应的各项管理内容的组织单元。
    A. 直接管理　　　　　B. 间接管理　　　　　C. 全程管理　　　　　D. 综合管理

12. （　　）往往承担其所在组织的某项工作内容，如重大项目的审定、重大方案的审查等，为保证其工作的成效，在组织机构内兼职或专职的设立一些部门或人员从事其事务工作。
    A. 顾问体系　　　　　B. 专家委员会　　　　C. 专家库系统　　　　D. 顾问团

13. 外商投资项目，政府还要从市场准入、资本项目管理等方面进行核准。其他不使用政府投资的建设项目无论规模大小，均实行（　　）。
    A. 审批制　　　　　B. 标准制　　　　　C. 备案制　　　　　D. 准入制

14. （　　）是工程项目管理组织根据所确定的项目目标，对项目实施过程中的各项工作所做的计划安排。
    A. 工程项目计划　　B. 工程项目组织　　C. 工程项目实施　　D. 工程项目指挥

15. （　　）的内容比较广泛，包括对项目的功能特性、质量、进度、费用等进行综合评价。
    A. 阶段性评价　　　B. 定期评价　　　　C. 系统评价　　　　D. 进度评价

16. 如果项目的（　　）是完全独立的，那么从项目的角度看，内部人员参加项目团队则不一定会降低成本费用。
    A. 技术界面　　　　B. 人员配备计划　　C. 成本费用　　　　D. 费用核算

17. 通过对投标人进行（　　），不仅可以减少招标人印制招标文件的数量，而且可以减轻评标的工作量，缩短招标工作周期。
    A. 资格预审　　　　B. 资格后审　　　　C. 现场踏勘　　　　D. 邀请招标

18. （　　）提出变更，常常是为了提高项目的使用功能和质量要求。
    A. 咨询工程师　　　B. 设计单位　　　　C. 业主　　　　　　D. 承包商

19. 对于工作量大、项目周期长的项目可能采取（　　）的组织结构等。
    A. 职能式　　　　　B. 项目式　　　　　C. 矩阵式　　　　　D. 复合式

20. 将同类项目的角色分工、职责和相互关系的确定作为今后类似项目的参考或依据，就成为组织计划制订的（　　）。
    A. 框架　　　　　　B. 模板　　　　　　C. 范例　　　　　　D. 基础

21. 公开招标，是招标人在指定的报刊、信息网络或其他媒体上发布（　　），邀请具备资格的投标申请人参加投标，并按有关招标投标法律、法规、规章的规定，择优选定中标人的招标方式。
    A. 招标公告　　　　B. 招标邀请　　　　C. 招标通知　　　　D. 招标要约

22. （　　）是指招标人组织投标申请人对工程现场场地和周围环境等客观条件进行的现场勘察。
    A. 勘察现场　　　　B. 资格后审　　　　C. 踏勘现场　　　　D. 现场审查

23. 下列不属于项目人力资源管理基本内容的是（　　）。
    A. 项目组织计划　　B. 人员获取　　　　C. 项目雇员考核　　D. 人员的解散

24. 关于委托招标，下列叙述有误的一项是（　　）。
    A. 招标人不具备自行招标条件的，应委托经建设行政监督部门批准的具有相应资质的工程招标代理机构办理招标事宜
    B. 具备自行招标条件的，不可以委托工程招标代理机构招标
    C. 招标人委托工程招标代理机构招标的，招标人与工程招标代理机构需签订《工程招标代理委托合同》
    D. 招标代理机构应当在招标人委托的范围内办理招标事宜，并遵守《中华人民共和国招标投标法》关于招标人的规定

25. 依法必须进行招标的项目，自招标文件开始发出之日起至投标人提交投标文件截止之日止，最短不得少于（　　）日。
    A. 15　　　　　　　B. 20　　　　　　　C. 45　　　　　　　D. 30

26. 对于投标人提交的优越于招标文件中技术标准的备选投标方案所产生的（　　），不得考虑到评标价中。
    A. 措施费　　　　　　B. 附加收益　　　　　　C. 成本费用　　　　　　D. 保证金

27. 在合同谈判和签订过程中，为确保项目整体效益的取得，（　　）应协调当事人双方的利益和要求，重视合同双方权利义务、价款支付、质量工期、工程变更以及索赔和争议等条款，保证合同的完整性、谨慎性和周密性，保证合同内容符合相关法律法规的要求。
    A. 承包商　　　　　　B. 服务商　　　　　　C. 咨询工程师　　　　　　D. 供应商

28. 评标委员会推荐的中标候选人应当限定在（　　）人，并标明排列顺序。
    A. 1～3　　　　　　B. 2～4　　　　　　C. 3～5　　　　　　D. 4～6

29. 合同协议书是指业主发出中标函的（　　）天内，接到承包商提交的有效履约保证后，双方签署的法律性标准化格式文件。
    A. 7　　　　　　B. 14　　　　　　C. 28　　　　　　D. 56

30. 任何一方对裁决委员会的裁决不满意，或裁决委员会在 84 天内没能作出裁决，在此期限后的（　　）天内应将争议提交仲裁。
    A. 28　　　　　　B. 45　　　　　　C. 56　　　　　　D. 84

31. （　　）是指施工过程中出现了与签订合同时的预计条件不一致的情况，需要改变原定施工承包范围内的某些工作内容。
    A. 变更程序　　　　　　B. 变更估价　　　　　　C. 变更指令　　　　　　D. 工程变更

32. （　　）是被发包人接受的承包人的投标报价。
    A. 合同工期　　　　　　B. 合同标的　　　　　　C. 合同价款　　　　　　D. 追加合同价款

33. 施工合同中规定的工程承包范围是指（　　）。
    A. 拟建工程的范围
    B. 工程涉及的所有范围
    C. 承包人承包的工作范围和内容
    D. 工程所在位置及周边地区

34. 根据施工进度工期延误的有关规定，承包人在工期可以顺延的情况发生后 14 天内，应将延误的工期向（　　）提出书面报告。
    A. 发包人　　　　　　B. 设计人　　　　　　C. 有关政府部门　　　　　　D. 监理工程师

35. 投料试车，应当在工程竣工验收后由（　　）负责。
    A. 承包人　　　　　　B. 发包人　　　　　　C. 监理工程师　　　　　　D. 制造厂家

36. （　　）可促使双方根据合同执行的实际情况，实事求是地调整工程造价和工期，把原来计入工程造价的一些不可预见费用改按实际发生的损失支付，有助于降低工程造价，使工程造价更合理。
    A. 索赔　　　　　　B. 催交　　　　　　C. 检验　　　　　　D. 验收

37. （　　）的方法有两种：一是分解；二是借用历史资料，参照过去的模板。
    A. 工作顺序安排　　　　B. 进度控制　　　　C. 工作定义　　　　D. 工作时间估算

38. 货物的（　　）是指国家对采购货物的性能、规格、质量、检验方法、包装以及储运条件等所作的统一规定，是设计、生产、检验、供应、使用该产品的技术依据。
    A. 投标函　　　　　　B. 招标文件　　　　　　C. 合同协议书　　　　　　D. 技术标准

39. 采购货物时，下列不是供货人违约责任的是（　　）。
    A. 逾期交货　　　　　　　　　　　　　　B. 货物的规格、品种、质量不符合合同规定
    C. 货物错发到货地点或接货单位　　　　　D. 由于运输单位造成的损失

40. 工程项目的工作顺序安排中，关于各项工作之间的逻辑关系，下列叙述不正确的是（　　）。

A. 逻辑关系包括工艺关系和组织关系　　　B. 生产性工作之间的顺序由工作程序决定

C. 工艺关系又被称为硬逻辑关系　　　　　D. 组织关系可以由项目团队确定

41. （　　）既是一个网络计划，又类似于用横道图表示的一个水平进度计划，它既能标明计划的时间过程，又能在图上显示出各项工作开始时间、完成时间、关键线路和关键工作所具有的时差。

A. 组织关系　　　　B. 双代号绘图法　　　C. 工作分解结构　　　D. 时标网络计划

42. （　　）是指根据网络计划时间参数计算而得到的工期。

A. 计算工期　　　　B. 要求工期　　　　　C. 工作持续时间　　　D. 计划工期

43. 项目进度控制的方法中，（　　）是以横坐标表示时间，纵坐标表示累计完成任务量，进行实际进度与计划进度比较的一种方法。

A. 横道图比较法　　　　　　　　　　　　B. "香蕉"曲线比较法

C. S形曲线比较法　　　　　　　　　　　D. 进度曲线法

44. 根据现行建筑安装工程费用构成的有关规定，建安工程造价中的税金不包括（　　）。

A. 营业税　　　　　B. 所得税　　　　　　C. 城市维护建设税　　D. 教育费附加

45. 某装饰工程直接工程费为500万元，直接工程费中人工费为30万元，措施费中人工费为20万元，间接费费率为50%，利润率为40%，根据《建筑安装工程费用项目组成》文件的规定，以人工费为计算基数时，该工程的利润额为（　　）万元。

A. 45　　　　　　　B. 30　　　　　　　　C. 20　　　　　　　　D. 18

46. （　　）是指当工作在不同单位时间里的进展速度不相等时，在用涂黑粗线表示工作实际进度的同时，还要标出其对应时刻完成任务量的累计百分率，并将该百分率与其同时刻计划完成任务量的累计百分率相比较，判断工作实际进度与计划进度之间的关系。

A. "香蕉"曲线比较法　　　　　　　　　B. S形曲线比较法

C. 匀速进展横道图比较法　　　　　　　　D. 非匀速进展横道图比较法

47. （　　）是指施工机械除大修理以外的各级保养和临时故障排除所需的费用，包括为保障机械正常运转所需替换设备和随机配备工具附具的摊销和维护费用，机械运转中日常保养所需润滑和擦拭的材料费用及机械停滞期间的维护和保养费用等。

A. 折旧费　　　　　B. 安拆费　　　　　　C. 场外运费　　　　　D. 经常修理费

48. 对资源消耗计划的优化，下列说法错误的是（　　）。

A. 通过对资源计划的优化，能够实现工程项目收益最大化或项目成本最小化的目的

B. 根据资源的优先级对资源消耗计划进行优化平衡的方法有两种

C. 可以通过对关键线路上工作开始和结束时间在时差范围内的合理调整达到资源的平衡

D. 可以考虑减少非关键线路上工作的资源投入强度，在时差允许范围内相应延长资源投入的持续时间

49. （　　）是确定整个建设工程从筹建开始竣工验收、交付使用所需费用的文件。

A. 单项工程概算　　B. 单位工程概算　　　C. 工程项目总概算　　D. 投资估算

50. （　　）是编制费用计划的基础。

A. 工程量清单　　　B. WBS　　　　　　　C. 项目进度计划　　　D. 费用估算

51. 下列关于工程咨询成果质量评价的标准表述，不正确的是（　　）。

A. 工程咨询成果评价标准，是衡量咨询成果质量的准绳，应该是科学的、合理的、可操作的

B. 设立评价标准的基本原则是：凡是能实行定性考核的，尽可能采用定性标准；不能定

性考核的要定量考核

C. 要把是否坚持"客观、公正、科学、可靠"的原则，是否真实、全面地反映工程项目的有利和不利因素作为评价质量的重要标准

D. 对前期工作的工程咨询成果，绝大多数是很难用定量标准来衡量和评价的，这就要求有一套定性的评价标准来进行评价

52. 在设计过程的质量管理中，（　　）是指针对某项目建立质量目标，规定质量要求和安排应开展的各种活动。

A. 设计分工 　　　　B. 设计进度计划 　　　C. 设计评审 　　　　D. 设计策划

53. 设计策划形成的文件通常以（　　）的形式编制。

A. 设计质量文件 　　B. 设计质量记录 　　　C. 设计文件 　　　　D. 项目设计计划

54. 施工单位的质量管理工作中，按质量计划实施过程控制，前后工序间要有（　　）。

A. 质量记录资料制度 　　　　　　　　　B. 人员考核准入制度

C. 交接确认制度 　　　　　　　　　　　D. 监控制度

55. 下列关于风险管理的说法，错误的是（　　）。

A. 由于工程项目的一次性、生产周期长、涉及单位多等特性，风险管理的地位更显重要

B. 风险管理的目标应从属于项目的总目标

C. 风险管理是一种被动控制，它源于风险的不确定性

D. 风险管理的目的是使积极因素及其后果最大化，使不利因素及其后果最小化

56. 下列不属于风险识别方法的是（　　）。

A. 文件审查 　　　　B. 信息采集技术 　　　C. 概率分析 　　　　D. 图形技术

57. （　　）是风险分析的基础。

A. 风险识别 　　　　　　　　　　　　　B. 风险分类排队

C. 风险事件发生的概率和概率分布 　　　D. 风险计划的制订

58. （　　）是编制施工图预算的重要依据之一，通过它可充分了解各分部分项工程的施工方法、施工进度计划、施工机械的选择、施工平面图的布置及主要技术措施等内容，是传统计价中工程量计算和定额套用的依据，也是工程量清单计价中计取措施费的依据。

A. 招标文件 　　　　　　　　　　　　　B. 施工组织设计

C. 经批准的设计概算文件 　　　　　　　D. 预算工作手册

59. （　　）是针对现场发生的实际问题进行的培训。

A. 现场培训 　　　　B. 专项培训 　　　　　C. 日常培训 　　　　D. 入场培训

60. （　　），即根据进度计划，在某一时刻应当完成的工作（或部分工作），以预算为标准所需要的资金总额。

A. 已完成工作预算费用 　　　　　　　　B. 计划工作预算费用

C. 已完成工作实际费用 　　　　　　　　D. 计划工作实际费用

二、多项选择题（共 35 题，每题 2 分。每题的备选项中，有 2 个或 2 个以上符合题意，至少有 1 个错项。错选，本题不得分；少选，所选的每个选项得 0.5 分）

61. 工程总承包项目管理模式不包括（　　）。

A. 交钥匙总承包 　　　　　　　　　　　B. 设计—施工总承包

C. 设计—采购总承包 　　　　　　　　　D. 管理—施工总承包

E. 控制—采购总承包

62. 业主对工程项目管理的特点是由业主在工程项目中的特殊地位决定的，主要有（　　）。

A. 业主对工程项目的管理代表了投资主体对项目的要求

B. 由承包方委托，经双方协商后实施

C. 业主是对工程项目进行全面管理的中心

D. 业主自主对建设项目进行计划、协调、组织和协调

E. 从管理方式上看，在项目建设过程中业主对工程项目的管理大都采用间接而非直接方式

63. 银行为保证资金的安全，在投资项目资金管理上往往采取金融性更强的专业手段进行控制，如（   ）等。

A. 进行企业信用评价

B. 要求用贷方提供质押与抵押等担保方式

C. 制订资金投放计划

D. 后期对项目进行全方位评价

E. 监督贷款方资金的使用

64. 工程项目主要利害关系者中，业主的要求和期望主要有（   ）。

A. 投资少

B. 收益高

C. 时间短

D. 质量合格

E. 贷款安全

65. 口头沟通应注意的问题不包括（   ）。

A. 在项目初期，高度的面对面沟通对促进团队建设、发展良好的工作关系和建立共同期望特别重要

B. 要注意沟通的主导性

C. 口头沟通应该坦白、明确

D. 口头沟通的时间选择很重要

E. 明确希望通过沟通所达到的目标，并做好工程项目的沟通计划安排

66. 工程项目构思常常是（   ）的一个或多个因素导致的结果。

A. 上级组织要求

B. 市场要求

C. 经营需要

D. 技术进步

E. 客户要求

67. 在国家发展和改革委员会关于实行核准制的《项目申请报告通用文本》中明确规定，《项目申请报告》应有"环境和生态影响分析"，其主要内容包括（   ）。

A. 环境和生态现状

B. 生态环境影响分析

C. 生态环境保护措施

D. 地质灾害影响分析

E. 环境影响评价分析

68. 银行对项目的管理中，贷款基本调查的工作有（   ）。

A. 对借款人历史背景的调查

B. 对借款人行业状况和行业地位的调查

C. 对借款的合法性、安全性和盈利性的调查

D. 借款人信用等级的评估调查

E. 借款人的财务状况和盈利能力的调查

69. 组织是由（   ）等组织结构要素构成的，其中各个职位与工作部门就相当于一个个节点，各节点之间的有机联系，就构成了组织结构。

A. 人员

B. 职位和职责

C. 关系

D. 规则

E. 信息

70. 工程技术可分为（　　）等。

    A. 工艺技术
             B. 工艺装备

    C. 工程施工
             D. 项目管理

    E. 工艺定额

71. 下列公式正确的有（　　）。

    A. 速动比率＝流动资产/流动负债

    B. 流动比率＝（流动资产－存货）/流动负债

    C. 保守速动比率＝（现金＋短期证券＋应收账款净额）/流动负债

    D. 利息支付倍数＝税息前利润/利息费用

    E. 长期负债与营运资金比率＝长期负债/（流动资产－流动负债）

72. 要科学地实施对工程项目的组织、计划、控制和协调，就需要有效的沟通，沟通的重要性主要体现在（　　）。

    A. 为项目的决策和计划提供信息

    B. 是项目管理人员成功进行项目管理的重要手段

    C. 作为组织和控制管理过程的依据和手段

    D. 是项目团队建设的前提和保证

    E. 是改善人际关系，构建项目管理团队必不可少的条件

73. 根据项目的总目标和阶段性目标，将项目的最终成果和阶段性成果进行分解，其主要技术是按工程内容进行项目分解。这一过程包括（　　）。

    A. 识别项目的主要组成部分

    B. 确定所分解的每一单元是否可以"恰当"地估算费用和工期，能够独立控制

    C. 识别每一可交付成果的组成单元

    D. 证实分解的正确性

    E. 识别可交付成果与有关工作

74. 团队的调整和整顿包括（　　）等方面。

    A. 进度控制
             B. 工作作风

    C. 工作规范
             D. 人员结构

    E. 经费投入

75. 投标文件应按招标文件的要求进行编制，下列不属于投标文件的是（　　）。

    A. 投标报价
             B. 施工组织设计或者施工方案

    C. 商务和技术偏差表
       D. 投标报价要求

    E. 评标标准

76. 下列属于按程序划分法划分的部门有（　　）。

    A. 行政部
             B. 基础设施部

    C. 市场开发部
          D. 项目设计部

    E. 施工管理部及维修检查部

77. 在项目组织计划的制订与执行中，项目界面包括（　　）。

    A. 团队成员界面
         B. 组织界面

    C. 环境界面
             D. 技术界面

    E. 人际关系界面

78. 项目分解的方法主要有以（   ）进行分解。
    A. 按项目工作内容　　　　　　　　B. 按项目工作过程
    C. 按项目的专业要素　　　　　　　D. 按项目的组织结构
    E. 按组织结构的形式分解

79. 投标保证金除现金外，可以是银行出具的（   ）等。
    A. 银行保函　　　　　　　　　　　B. 保兑支票
    C. 银行汇票　　　　　　　　　　　D. 债券
    E. 现金支票

80. 下列各项不属于承包人义务的是（   ）。
    A. 开通施工场地与城乡公共道路的通道，以及双方约定的施工场地内的主要交通干道，满足施工运输的需要，保证施工期间的畅通
    B. 组织承包人和设计单位进行图纸会审和设计交底
    C. 协调处理施工现场周围地下管线和邻近建筑物、构筑物（包括文物保护建筑）、古树名木的保护工作，并承担有关费用
    D. 已竣工工程未交付发包人之前，承包人按专用条款约定负责已完工程的成品保护工作，保护期间发生损坏的，承包人自费予以修复
    E. 向工程师提供年、季、月工程进度计划及相应进度统计报表

81. 实行招标前的资格预审有很多优点，包括（   ）。
    A. 减少招标人印制招标文件的数量
    B. 可以减轻评标的工作量
    C. 缩短招标工作周期
    D. 对那些可能不具备承担工程任务的投标人，节省因投标而投入的人力、财力等投标费用
    E. 为评标委员会的评标工作打下了基础

82. 施工进度管理的内容有（   ）。
    A. 建设工期　　　　　　　　　　　B. 进度计划
    C. 开工及延期开工　　　　　　　　D. 工期延误
    E. 进度计划变更

83. 在工程项目进度管理中，工作顺序安排的依据是（   ）。
    A. 工作定义　　　　　　　　　　　B. 工作清单
    C. 成果说明文件　　　　　　　　　D. 各项工作之间的逻辑关系
    E. 其他约束件及假设

84. 材料费中应包括（   ）。
    A. 运输费　　　　　　　　　　　　B. 仓储费
    C. 合理损耗费　　　　　　　　　　D. 机械使用费
    E. 人工费

85. 下列不属于费用优化的步骤的是（   ）。
    A. 计算各项工作的直接费用率　　　B. 计算工程总费用
    C. 调整网络计划　　　　　　　　　D. 确定增加持续时间的关键工作
    E. 确定持续时间的缩短值

86. 工程项目工作时间估算的方法中，利用历史数据时，可利用的历史资料包括（   ）。

  A. 定额   B. 项目档案

  C. 商业化的时间估算数据库   D. 项目团队成员的知识

  E. 政府机构的相关文件

87. 在工程项目进度计划中，表示进度计划的方法有（   ）。

  A. 双代号网络图   B. 横道图

  C. 时标网络图   D. 里程碑法

  E. 进度曲线法

88. 建筑安装工程直接工程费中的人工费包括（   ）。

  A. 交通补贴   B. 住房补贴

  C. 失业保险费   D. 职工福利费

  E. 防暑降温费

89. 资源消耗计划编制的方法有（   ）。

  A. 资源需求分析   B. 资源供给分析

  C. 资源成本比较与模式组合   D. 资源分配及计划编制

  E. 资源储备与消耗比较

90. 设计概算的编制方法中，单位工程概算包括（   ）。

  A. 照明工程概算   B. 机械设备及安装工程概算

  C. 电器设备及安装工程概算   D. 涨价预备费概算

  E. 建设单位临时设施费概算

91. 设计工作各有关方的衔接包括（   ）。

  A. 设计与业主的衔接   B. 设计与各有关专业之间的衔接

  C. 设计与采购的衔接   D. 设计与施工组织的衔接

  E. 设计与咨询（监理）单位的衔接

92. 项目风险的分解可以根据工程项目的特点以及风险管理人员的知识按（   ）进行分解。

  A. 目标维和时间维   B. 质量维和进度维

  C. 结构维和环境维   D. 安全维和费用维

  E. 因素维

93. 下列属于机械使用费的是（   ）。

  A. 折旧费   B. 大修理费

  C. 车船使用费   D. 运输损耗费

  E. 措施费

94. 项目施工过程中的 HSE 管理，主要包括（   ）。

  A. 识别风险因素   B. 制定施工安全计划

  C. 详细安排施工工艺   D. 正确估计和控制危害健康的材料

  E. 环境影响评价

95. 产生费用偏差的原因不包括（   ）。

  A. 施工方案不当   B. 材料代用

  C. 赶进度   D. 组织不落实

  E. 设计漏项

参考答案

一、单项选择题

1	D	2	A	3	C	4	B	5	B
6	B	7	D	8	A	9	C	10	B
11	A	12	B	13	C	14	A	15	A
16	D	17	A	18	C	19	B	20	B
21	A	22	C	23	D	24	B	25	B
26	B	27	C	28	A	29	C	30	A
31	D	32	C	33	C	34	D	35	D
36	A	37	C	38	D	39	D	40	B
41	D	42	A	43	C	44	B	45	C
46	D	47	D	48	C	49	C	50	D
51	B	52	D	53	D	54	C	55	C
56	C	57	C	58	B	59	C	60	B

二、多项选择题

61	DE	62	DE	63	ABCE	64	ABCD	65	BE
66	BCDE	67	ABCD	68	ABCD	69	ABCE	70	AB
71	CDE	72	ABCE	73	ABCD	74	BCD	75	DE
76	CDE	77	BDE	78	ABC	79	ABCE	80	ABC
81	ABCD	82	BCD	83	BCDE	84	ABC	85	CD
86	ABCD	87	BCDE	88	ABDE	89	ABCD	90	ABC
91	BCD	92	ACE	93	ABC	94	BCD	95	DE

工程项目组织与管理（三）

一、单项选择题（共60题，每题1分。每题的备选项中，只有1个最符合题意）

1. 传统项目管理模式的核心组织为"业主－（　　）－承包商"。
   A. 项目发起人　　　　B. 咨询工程师　　　　C. 供应商　　　　D. 监理工程师

2. 与公共项目传统的发包承包相比，PFI中私营部门还要负责（　　）和经营。
   A. 出售　　　　　　　B. 融资　　　　　　　C. 建造　　　　　D. 租赁

3. （　　）是对拟建项目的资源消耗指标进行分析，阐述在提高资源利用效率、降低资源消耗等方面的主要措施，论证是否符合资源节约和有效利用的相关要求。
   A. 资源节约措施　　　　　　　　　　　B. 资源利用方案
   C. 能耗指标分析　　　　　　　　　　　D. 节能措施和节能效果分析

4. （　　）阶段的主要目标是对工程项目投资的必要性、可能性、可行性，以及为什么要投资、何时投资、如何实施等重大问题，进行科学论证和多方案比较。
   A. 工程项目策划和决策　　　　　　　　B. 工程项目准备
   C. 工程项目实施　　　　　　　　　　　D. 工程项目竣工验收和总结评价

5. 商业银行的注册资本一般只占全部资金来源的（　　）。
   A. 4%　　　　　　　B. 6.5%　　　　　　C. 8%　　　　　　D. 12.5%

6. 及时提出对服务的要求，使工程项目建设的干扰降至最低限度，这属于（　　）的要求和期望。
   A. 公用设施　　　　B. 社会公众　　　　C. 内部各部门　　　D. 生产运营部门

7. 根据（　　）可以将项目划分为多个相对独立的合同（我国也称为标段），单独对外发包。
   A. 项目规划　　　B. 可交付成果　　　C. 工作分解结构　　　D. WBS模板

8. 对（　　），如果承包商已按咨询工程师的指令实施变更工作，咨询工程师应将已完成的变更工作或部分完成的变更工作的费用，加入合同总价中，同时列入当月的支付证书中支付给承包商。
   A. 咨询服务合同　　　　　　　　　　　B. 固定总价方式合同
   C. 施工承包合同　　　　　　　　　　　D. 总价方式合同

9. 过程控制中的（　　）就是通过对进展情况进行不断的监测和分析，以预防质量不合格、预防工期延误、预防费用超支，确保工程项目目标的实现。
   A. 计划　　　　　　B. 实施　　　　　　C. 检查　　　　　　D. 处理

10. （　　）是一种有限追索权的项目融资方式，贷款人只承担有限的责任和义务，债权人只能对项目发起人（项目公司）在一个规定的范围、时间和金额上实现追索，即只能以项目自身的资产和运行时的现金流作为偿还贷款的来源，而不能追索到项目以外或相关担保以外的资产。
    A. BOT　　　　　　B. BOO　　　　　　C. TOT　　　　　　D. PPT

11. （　　）包括运营前的准备与运营期间的管理。
    A. 试运行管理　　　　　　　　　　　　B. 运营管理
    C. 运营综合管理　　　　　　　　　　　D. 试运行与正式运营管理

12. （　　）就是系统内组成部分及其相互关系的框架，具体地说就是根据组织系统的目标与任务，将组织划分成若干层次与等级的子系统，并进一步确定各层次中的各个职位及相互关系。

    A. 组织规模　　　　　B. 部门设置　　　　　C. 管理层次　　　　　D. 组织结构

13. 基本建立现代企业制度的特大型企业集团，投资建设《政府标准的投资项目目录》内的项目，可以按项目单独申报核准，也可编制中长期发展建设规划，规划经（　　）部门批准后，规划中属于《政府标准的投资项目目录》内的项目不再另行申报核准，只需办理备案手续。

    A. 当地人民政府　　　　　　　　　　B. 上级人民政府

    C. 国务院　　　　　　　　　　　　　D. 国务院或国务院投资主管部门

14. 工程项目计划应由（　　）会同有关项目管理组织自上而下、自下而上共同制订，这样才能构建出一个好的工程项目计划，也有利于工程项目管理班子对工程项目的整体理解及指导计划的实施。

    A. 项目业主　　　　　B. 承包商　　　　　C. 咨询工程师　　　　　D. 项目经理

15. （　　）是指建设过程中的月度、季度、年度评价。这时，子项目尚在建设过程中，很难对项目功能特性作出评价，只能对已完成部分工程的质量、进度、费用进行综合评价。

    A. 阶段性评价　　　　B. 定期评价　　　　C. 系统评价　　　　　D. 进度评价

16. 使用现有的内部人员与使用外部专家从项目本身的工作阶段来看，使用内部人员可以减少公司总成本费用的支出，因为内部人员的成本费用对于项目来说可能已经是（　　），无论其是否参加项目的工作，这部分费用都要投入，而外部聘请专家则需另付报酬。

    A. 机会成本　　　　　B. 固定成本　　　　C. 沉没成本　　　　　D. 边际成本

17. 依法必须进行招标的房屋建筑和市政基础设施工程项目，招标人应当具有（　　）名以上本单位的中级以上职称的工程技术经济人员，并熟悉和掌握招标投标有关法规，并且至少包括1名在本单位注册的造价工程师。

    A. 1　　　　　　　　B. 2　　　　　　　　C. 3　　　　　　　　D. 5

18. 对工作范围的任何变更，咨询工程师必须与（　　）进行充分协商，在达成一致意见后，由咨询工程师发出正式变更令。

    A. 承包商　　　　　　B. 项目业主　　　　C. 分包商　　　　　　D. 设计单位

19. 对于一个已拥有较多信息资源、人力资源、时间资源，而资金资源相对缺乏的项目来说，采取（　　）项目组织结构形式即可。

    A. 项目式　　　　　　B. 职能式　　　　　C. 矩阵式　　　　　　D. 职能式、矩阵式

20. （　　）是指得到项目需要的人力资源（包括个人或小组），并将其安排到项目工作中的过程。

    A. 人员获取　　　　　B. 人员配备　　　　C. 岗位分工　　　　　D. 职责分工

21. 国家重点建设项目和各省、自治区、直辖市人民政府确定的地方重点建设项目，以及全部使用国有资金投资或者国有资金投资占控股或者主导地位的工程建设项目，应当进行（　　）。

    A. 单独招标　　　　　B. 选择性招标　　　C. 公开招标　　　　　D. 邀请招标

22. 对于潜在投标人在阅读（　　）和现场踏勘中提出的疑问，招标人可以书面形式或召开投标预备会或答疑会的方式解答，但需同时将解答以书面方式通知所有购买招标文件的潜在投标人。

A. 投标邀请书　　　　B. 招标文件　　　　C. 投标文件　　　　D. 工程标底

23. 下列不属于组织计划制订要注意的问题是（　　）。

A. 项目界面　　　　　　　　　　　　B. 人员配备计划要与需求一致

C. 约束条件　　　　　　　　　　　　D. 有关说明

24. 依法必须进行招标的项目，招标人自行办理招标事宜的，应当在发布招标公告或者发出投标邀请书的（　　）日前，向工程所在地县级以上地方人民政府建设行政监督部门备案。

A. 5　　　　　　　　B. 7　　　　　　　　C. 10　　　　　　　　D. 15

25. 投标预备会或答疑会由（　　）组织并主持召开。

A. 咨询工程师　　　B. 投标人代表　　　C. 评标委员会主席　　　D. 招标人

26. 货物招标中的（　　）是指在保证货物质量前提下，货物必须遵守低成本、低价格、使用时低消耗的原则，每种货物的购置费用，原则上不应超过计划安排的投资额。

A. 质量保证原则　　　B. 安全保证原则　　　C. 进度保证原则　　　D. 经济原则

27. 承包商填写并签字的法律性投标函和投标函附录，包括（　　）和对招标文件及合同条款的确认文件。

A. 中标函　　　　　　B. 补遗文件　　　　　C. 开工日期　　　　　D. 报价

28. 为了有效监督工程项目的招标投标情况，及时发现其中可能存在的问题，依法必须进行施工招标的项目，招标人应当自发出中标通知书之日起（　　）日内，向有关行政监督部门提交招标投标情况的书面报告。

A. 7　　　　　　　　B. 15　　　　　　　　C. 20　　　　　　　　D. 30

29. （　　）是业主签署的对投标书的正式接受函，可能包含作为备忘录记载的合同签订前谈判时可能达成一致并共同签署的补遗文件。

A. 合同协议书　　　B. 中标函　　　　　C. 投标函　　　　　D. 合同专用条件

30. 承包商应在合同约定的日期或接到中标函后的（　　）天内（合同未作约定）开工，工程师则应至少提前7天通知承包商开工日期。

A. 7　　　　　　　　B. 14　　　　　　　　C. 28　　　　　　　　D. 42

31. 由于合同条件是针对包工包料承包的单价合同编制的，因此规定由承包商自筹资金采购工程材料和设备，只有当材料和设备用于永久工程时，才能将这部分费用计入工程（　　）内结算支付。

A. 预付款　　　　　　B. 保留金　　　　　C. 预付款保函金额　　　D. 进度款

32. 群体工程中采取分阶段进行施工的单项工程，承包人应按照发包人提供图纸及有关资料的时间，按单项工程编制（　　），分别向工程师提交。

A. 工作计划　　　　　B. 进度计划　　　　　C. 预算计划　　　　　D. 费用计划

33. 协议书中的核心内容是（　　）。

A. 质量标准　　　　　B. 工程进度　　　　　C. 工程造价　　　　　D. 竣工验收

34. 根据施工进度工期延误的有关规定，监理工程师在收到报告后（　　）天内予以确认答复。

A. 2　　　　　　　　B. 7　　　　　　　　C. 14　　　　　　　　D. 28

35. 下列有关试车的说法，不正确的是（　　）。

A. 设备安装工程具备单机无负荷试车条件，由承包人组织试车

B. 只有单机试车达到规定要求，才能进行联试

C. 设备安装工程具备无负荷联动试车条件，由发包人组织试车，并在试车前48小时书面通知承包人

D. 投料试车，应当在工程竣工验收后由承包人全部负责

36.（　　）通常包括两个方面：一是承包商要求延长工期；二是承包商要求偿付由于非承包商原因导致工程延期而造成的损失。

　　A. 工程变更引起的索赔　　　　　　　　B. 工期延期的索赔

　　C. 拖延支付工程款的索赔　　　　　　　D. 人为障碍引起的索赔

37. 利用（　　）确定为产生项目可交付成果而必须进行的具体工作时，项目团队成员可能发现需要附加一些可交付成果或重新编写可交付成果说明，增加某一工作或对某一工作进行细化，形成新的工作分解结构。

　　A. 工作定义　　　　　B. 工作分解结构　　　C. 工作清单　　　　　D. 进度计划

38.（　　）是货物采购合同的重要条款，是双方当事人进行结算的依据。

　　A. 质量条款　　　　　B. 合同工期条款　　　C. 预付款额　　　　　D. 价格条款

39. 采购货物时，不是购货人违约责任的是（　　）。

　　A. 中途退货或无故拒收货物

　　B. 未按厂商通知的日期或合同规定的日期提货

　　C. 未按规定日期付款

　　D. 产品包装不符合合同规定，必须返修重新包装

40. 关于工程项目工作定义的成果中的工作清单，下列表述不正确的是（　　）。

　　A. 工作清单必须包括本项目中将要进行的所有工作

　　B. 工作清单应作为工作分解结构的补充，以利于确保工作清单的完整

　　C. 工作清单应该包括每项工作的说明

　　D. 工作定义的成果是几份工作清单和工作分解结构的更新

41. 在编制时标网络计划时应使每一个节点和每一项工作（包括虚工作）尽量向（　　）靠，直至不出现从右向左的逆向箭线为止。

　　A. 左　　　　　　　　B. 右　　　　　　　　C. 前　　　　　　　　D. 后

42.（　　）是指在不影响总工期的前提下，本工作可以利用的机动时间。

　　A. 自由时差　　　　　　　　　　　　　B. 总时差

　　C. 工作最早完成时间　　　　　　　　　D. 工作最迟完成时间

43. 工程项目工作的实际进度与计划进度的比较方法中，"香蕉"曲线不可用来进行（　　）。

　　A. 进度计划的合理安排　　　　　　　　B. 统计工程量的完成情况

　　C. 实际进度与计划进度的比较　　　　　D. 对后续工程进度进行预测

44. 根据《建筑安装工程费用项目组成》文件的规定，下列属于直接工程费中材料费的是（　　）。

　　A. 塔式起重机基础的混凝土费用　　　　B. 现场预制构件地胎模的混凝土费用

　　C. 保护已完石材地面而铺设的大芯板费用　　D. 独立柱基础混凝土垫层费用

45. 下列对资源消耗计划编制依据的表述，不正确的是（　　）。

　　A. WBS是编制资源计划的基本依据

　　B. 范围说明书是工程项目管理过程中确定主要项目可交付成果的一份重要书面文件

　　C. 资源储备状况是对资源存量的说明，是资源计划编制的重要依据

　　D. 根据进度计划，可以确定各种资源的需求时间和强度，即资源在时间上的横向分布

46.（　　）是以横坐标表示时间，纵坐标表示累计完成任务量，绘制成按计划时间累计完成任务量的S曲线，然后将工程项目实施过程中各检查时间实际累计完成任务量的S曲线

也绘制在同一坐标系中，进行实际进度与计划进度比较的一种方法。

A. "香蕉"曲线比较法   B. S 形曲线比较法

C. 匀速进展横道图比较法   D. 非匀速进展横道图比较法

47. （   ）是指机械整体或分体自停放场地运至施工现场或由一个施工地点运至另一个施工地点，所发生的机械进出场运输及转移费用及机械在施工现场进行安装、拆卸所需的人工费、材料费、机械费、试运转费和安装所需的辅助设施费用。

A. 临时设施费   B. 大型机械设备进出场及安拆费

C. 夜间施工增加费   D. 二次搬运费

48. 在（   ）阶段，资源需求是最大的。

A. 工程决策   B. 工程项目准备

C. 工程项目实施   D. 工程项目试生产及竣工验收

49. 下列不属于施工图预算编制依据的是（   ）。

A. 经批准和会审的施工图设计文件及有关标准图集

B. 施工组织设计或施工方案

C. 施工定额

D. 经批准的设计概算文件

50. （   ）不仅是编制费用估算的依据，同时也是编制费用计划的重要依据。

A. 工程量清单   B. WBS   C. 项目进度计划   D. 费用估算

51. 设立工程咨询结果评价标准的基本原则是（   ）。

A. 能实行定量考核的，尽可能采用定量标准；不能实行定量考核的要有明确的定性要求

B. 客观、公正、科学、可靠的原则

C. 真实、全面地反映工程项目的有利和不利因素

D. 科学、合理、可操作的原则

52. 下列不属于设计工作各有关方衔接的是（   ）。

A. 设计与业主意愿的衔接   B. 设计与各专业衔接

C. 设计与采购的衔接   D. 设计与施工组织的衔接

53. 关于设计文件的会签，下列说法不正确的是（   ）。

A. 会签是详细工程设计（施工图设计）过程的最后一道工序

B. 会签分综合会签和专业会签

C. 综合会签是保证接受条件专业的设计图纸与条件要求相符

D. 综合会签是保证各专业的厂房（构筑物）或设计区域范围内布置合理、互不碰撞

54. 在施工过程的质量控制中，为确保工程质量，要对工程材料、混凝土试块、砂浆试块、受力钢筋等实行（   ）制度。

A. 免检   B. 系统检验   C. 取样送检   D. 全检

55. 只有把（   ），才能使项目目标尽可能较好地实现。

A. 风险管理与目标管理相结合   B. 风险管理与费用管理相结合

C. 目标管理与费用管理相结合   D. 目标管理与质量管理相结合

56. 项目风险分解的（   ）是按项目建设的阶段对风险进行分解。

A. 目标维   B. 时间维   C. 结构维   D. 因素维

57. （   ）表现活动的持续时间和费用数值的不确定性。

A. 离散分布   B. 连续概率分布   C. 不确定性分布   D. 随机分布

58. （　　）是控制工程拨款或贷款的最高限额，也是控制单位工程预算的主要依据。

A. 招标文件　　　　　　　　　　B. 施工组织设计

C. 经批准的设计概算文件　　　　D. 预算工作手册

59. （　　）一般是由专业工程师就本专业的 HSE 管理内容进行的培训，这种培训更具有针对性和实用性。

A. 现场培训　　　　B. 专项培训　　　　C. 日常培训　　　　D. 入场培训

60. 当（　　）大于1时，表示（　　），即实际费用低于预算费用。

A. 费用绩效指数，节支　　　　　B. 费用绩效指数，超支

C. 进度绩效指数，进度延误　　　D. 进度绩效指数，进度提前

二、多项选择题 （共35题，每题2分。每题的备选项中，有2个或2个以上符合题意，至少有1个错项。错选，本题不得分；少选，所选的每个选项得0.5分）

61. 工程项目都是在一定的约束条件下实施的，这些条件包括（　　）等。

A. 项目工期　　　　　　　　　　B. 人、财、物等资源条件

C. 风险控制　　　　　　　　　　D. 公众习惯

E. 项目产品或服务的质量

62. 业主在工程项目决策阶段的主要工作任务是围绕项目策划、项目建议书、项目可行性研究、项目核准、项目备案、资金申请及相关报批工作开展项目的管理工作，主要有（　　）。

A. 对投资方向和内容作初步构想

B. 及时办理有关设计文件的审批工作

C. 选择好咨询机构

D. 组织对工程项目建议书和可行性研究报告进行评审，与有关投资者和贷款方进行沟通，并落实项目建设相关条件

E. 根据项目建设规模、建设内容和国家有关规定对项目进行决策并报请有关部门审批、核准或备案

63. 对借款人进行财务评价的目的是分析借款人的（　　），并对借款人的发展变化趋势进行预测。

A. 信用状况　　　　　　　　　　B. 财务状况

C. 盈利能力　　　　　　　　　　D. 资金使用效率

E. 偿债能力

64. 咨询部门的要求和期望有（　　）。

A. 公众无抱怨　　　　　　　　　B. 优厚的利润

C. 合理的报酬　　　　　　　　　D. 松弛的工作进度表

E. 迅速提供信息，迅速决策

65. 根据绩效报告文件、工程项目的实际完成情况报告和其他的工程项目情况报告，应用各种工程项目信息的报告方式和工程项目信息文档化管理方法，进行工作终结信息的处理，包括（　　），使工程项目的完成正规化。

A. 验收工程项目的完成成果

B. 编制终结文件

C. 进行信息的追踪和反馈

D. 通知工程项目业主/客户，并获其正式认可

E. 分析工程项目绩效报告

66. 通过对工程项目本身和工程项目环境的分析，确定符合实际情况的需求目标，分析的具体内容包括（　　）。

A. 工程项目拟提供的产品或服务的市场现状分析和前景预测

B. 投资方的发展战略、现状和能力分析

C. 工程项目环境分析，包括政治、法律、经济、技术、社会文化和自然环境分析

D. 工程项目目标系统建立的分析

E. 目标管理的方法、体制分析

67. 承包商对工程项目的管理是指承包商为完成项目业主对项目建设的委托或设备供货的委托，以自己的施工或供货能力来完成业主委托的任务，在建设阶段对自己所承担的项目中投入的各种资源进行（　　）的过程。

A. 计划   B. 组织

C. 检查   D. 指挥

E. 协调

68. 银行信贷部门将贷款调查等有关评价报告汇总整理后，形成贷款报审材料，报银行审贷机构审查，银行对贷款的审查重点有（　　）。

A. 贷款的直接用途是否符合国家与银行的有关规定

B. 借款人是否符合借款资格条件

C. 借款人的信用承受能力如何

D. 借款人的发展前景、主要产品结构、新产品开发能力、主要领导人的工作能力与组织能力

E. 根据贷款调查的信息确定客户的信用等级，计算客户的风险

69. 减小管理幅度对组织的影响不包括（　　）。

A. 管理层次增加，相互之间的工作协调难度加大，为此所花费的时间与费用都会增加

B. 由于层次增加，信息的传递容易发生丢失和失真

C. 办事效率降低

D. 缩减组织机构和管理人员

E. 主管人员对下属的指导和监督的时间相对减少，容易导致管理失控，出现各自为政的状况

70. 工程项目人力资源管理对象与一般意义上的人力资源管理相比，专业相对集中在（　　）等。

A. 工程技术   B. 工程经济

C. 工程装备   D. 工程施工

E. 项目管理

71. 盈利能力分析中，涉及的公式有（　　）。

A. 销售毛利率＝［（销售收入－销售成本）/销售收入］×100%

B. 销售净利润率＝（税后利润/销售收入）×100%

C. 资产收益率＝（净利润/平均资产总额）×100%

D. 股东权益率＝（税后利润/平均股东权益）×100%

E. 主营业务利润率＝（主营业务收入/主营业务利润）×100%

72. 沟通方式包括（　　）。

A. 网络式的 B. 书面正式的

C. 书面非正式的 D. 口头正式的

E. 口头非正式的

73. 工程项目目标的确定应满足( )条件。

A. 目标应是具体的，具有可评估性和可量化性

B. 目标应与上级组织目标相区别

C. 必须以可交付成果的形式对目标进行说明

D. 目标是可理解的，即必须让其他人知道正努力去达到什么

E. 目标是现实的

74. 团队评价的具体方式包括( )等。

A. 指标考核 B. 团队评议

C. 自我评价 D. 成绩考评

E. 团队整顿

75. 评标报告应当如实记载的内容不包括( )。

A. 投标函

B. 投标文件的格式

C. 废标情况说明

D. 评标标准、评标方法或者评标因素一览表

E. 经评审的价格或者评分比较一览表

76. 根据职务特征模型，任何职务都可以从( )几个方面去描述。

A. 技能多样性 B. 独立性

C. 任务同一性 D. 任务重要性

E. 自主性

77. 制约项目团队组织的因素主要有( )。

A. 项目的组织结构 B. 外部环境

C. 共同达成的有关协议 D. 项目管理层的偏好

E. 预期的人员安排

78. 项目工作计划主要包括的内容有( )。

A. 项目名称 B. 选址报告

C. 施工图设计 D. 项目基本情况

E. 项目团队工作目标与任务

79. 与一般的产品合同不同，工程项目合同涉及面主要是( )等的管理，而且都是一次性过程。

A. 建筑物、构筑物的建设 B. 线路、管网的建设

C. 土木工程的建设 D. 成本控制

E. 材料购置安装

80. 下列属于工程施工合同标的的是( )。

A. 排水管道系统 B. 供热管道系统

C. 机场 D. 电站

E. 供水供电管线

81. 招标文件的编制必须遵守国家有关招标投标的法律、法规和部门规章的规定，遵循

（　　　）等原则和要求。

A. 招标文件介绍的工程情况和提出的要求，必须与资格预审文件的内容相一致

B. 招标文件的内容要能清楚地反映工程的规模、性质、商务和技术要求等内容，设计图纸应与技术规范或技术要求一致，使招标文件系统、完整、准确

C. 招标文件规定的各项技术标准应符合国家强制性标准

D. 招标文件不得要求或者标明特定的专利、商标、名称、设计、原产地或建筑材料、构配件等生产供应者，以及含有倾向或者排斥投标申请人的其他内容

E. 对投标文件提出的实质性要求和条件作出相应

82. 工期延误后，经监理工程师确认，工期相应顺延的情况有（　　　）。

A. 发包人不能按约定提供开工条件

B. 发包人不能按约定日期支付工程预付款、进度款，致使工程不能正常进行

C. 一周内因非承包人原因停水、停电、停气造成累计停工 8 小时

D. 设计变更或工程量增加

E. 工程质量不合格、承包人返工重做

83. 在工程项目工作的顺序安排中，工作之间的先后顺序关系称为逻辑关系，逻辑关系包括（　　　）。

A. 平行关系　　　　　　　　　　B. 工艺关系

C. 组织关系　　　　　　　　　　D. 顺序关系

E. 搭接关系

84. 下列属于常用的索赔证据是（　　　）。

A. 非公开的成本和会计资料　　　　B. 合同文本

C. 施工组织设计　　　　　　　　D. 往来信件

E. 气象资料

85. 下列不属于编制进度计划的工作成果的是（　　　）。

A. 进度管理计划　　　　　　　　B. 资源优化

C. 辅助进度计划　　　　　　　　D. 资源需求更新

E. 时标网络计划

86. 专家判断估算常常采用三时估算法，三时估算法就是先估算出（　　　），再加权平均算出一个期望值作为工作的持续时间。

A. 最乐观时间　　　　　　　　　B. 最可能时间

C. 最保守时间　　　　　　　　　D. 计划工期

E. 强制工期

87. 工程项目进度计划的表示方法中，横道图的缺点有（　　　）。

A. 不能全面反映各项工作之间的逻辑关系　B. 不能全面反映整个工程的主次工作

C. 难以对计划作出准确的评价　　　D. 绘制复杂

E. 不利于确定资源的需求情况

88. 按照《建筑安装工程费用项目组成》的规定，规费包括（　　　）。

A. 安全施工费　　　　　　　　　B. 环境保护费

C. 工程排污费　　　　　　　　　D. 工程定额测定费

E. 住房公积金

89. 在资源消耗计划的优化时，首先通过定义优先级确定各种资源的重要性，优先级定义的

标准有(　　)。

A. 资源的数量及价值量　　　　　B. 资源增减的可能性

C. 资源消耗的速度　　　　　　　D. 获得程度和可替代性

E. 供产问题对项目的影响

90. 对设备及安装工程的概算编制中，概算指标的形式较多，主要有(　　)。

A. 当初步设计的设备清单不完备，或仅有成套设备的重量时，可采用概算指标法编制概算

B. 可以按设备价值的百分率的概算指标计算

C. 可以按每吨设备安装费的概算指标计算

D. 可以按座、台、套、组、根或功率等为计量单位的概算指标计算

E. 按设备安装工程每平方米建筑面积的概算指标计算

91. 设计文件会签的内容包括(　　)。

A. 各类设施的布置是否恰当、无碰撞

B. 各类接口是否统一协调，是否符合设计条件

C. 各专业的设计文件是否相互满足，无遗漏

D. 会签的范围为重要的图纸

E. 会签分为综合会签和专业会签

92. 工程项目风险按目标维分解可分为(　　)。

A. 费用风险　　　　　　　　　　B. 进度风险

C. 质量风险　　　　　　　　　　D. 技术风险

E. 非技术风险

93. 下列属于措施费的是(　　)。

A. 养路费　　　　　　　　　　　B. 文明施工费

C. 二次搬运费　　　　　　　　　D. 脚手架费

E. 燃料动力费

94. 施工现场 HSE 管理的关键环节有(　　)。

A. HSE 的现场管理架构　　　　　B. HSE 现场会议制度

C. HSE 报告、现场检查制度　　　D. 现场培训制度

E. 现场考核制度

95. 下列不属于质量计划内容的是(　　)。

A. 确定项目管理的质量方针和质量目标

B. 结合项目工作分解结构（WBS），把质量目标层层分解，使各项工作目标和质量目标结合起来

C. 确定和提供实现质量目标必需的资源

D. 按质量计划组织实施

E. 及时清除不合格工程，并总结经验教训，分析产生不合格的原因，提出改进措施，持续改进质量管理体系

参考答案

一、单项选择题

1	B	2	B	3	A	4	A	5	C
6	A	7	C	8	C	9	C	10	A
11	B	12	D	13	D	14	D	15	B
16	C	17	C	18	B	19	D	20	A
21	C	22	B	23	D	24	A	25	D
26	D	27	D	28	B	29	B	30	D
31	D	32	B	33	A	34	C	35	D
36	B	37	B	38	B	39	D	40	D
41	A	42	B	43	B	44	D	45	D
46	B	47	B	48	C	49	C	50	B
51	A	52	A	53	C	54	C	55	A
56	B	57	B	58	C	59	B	60	A

二、多项选择题

61	ABDE	62	ABCD	63	BCDE	64	CDE	65	ABD
66	ABC	67	ABDE	68	ABCD	69	DE	70	ABDE
71	ABCD	72	BCDE	73	ADE	74	ABC	75	AB
76	ACDE	77	ACDE	78	ADE	79	ABCE	80	ABCD
81	ABCD	82	ABCD	83	BC	84	BCDE	85	BE
86	ABC	87	ABC	88	CDE	89	ABDE	90	BCDE
91	ABC	92	ABC	93	BCD	94	ABCD	95	AB

工程项目组织与管理（四）

一、单项选择题（共 60 题，每题 1 分。每题的备选项中，只有 1 个最符合题意）

1. （　　）代表了现代西方工程项目管理的主流，这种模式的重要特点是充分发挥市场机制的作用，促使承包商、设计师、建筑师共同寻求最经济、最有效的方法实施工程项目。
   A. PMC 模式　　　　　　B. PM 模式　　　　　　C. CM 模式　　　　　　D. EPC 模式

2. （　　）是指通过对工程项目所有实施环节的全过程进行调查、分析、建议和咨询，提出工程项目切实可行的实施方案，供工程项目的管理层决策。
   A. 工程项目控制　　　　　　　　　　　B. 工程项目总控
   C. 工程项目全程监控　　　　　　　　　D. 工程项目合同控制

3. 从社会资源优化配置的角度，通过经济费用效益或费用效果分析，评价拟建项目的经济合理性，被称为（　　）。
   A. 经济费用效益或费用效果分析　　　　B. 行业影响分析
   C. 区域经济影响分析　　　　　　　　　D. 社会经济效果分析

4. （　　）是投资者最为重视的，因为它对工程项目的长远经济效益和战略方向起着决定性的作用。
   A. 项目设计　　　　　　B. 施工方案　　　　　　C. 投资决策　　　　　　D. 项目策划

5. 相对其他参与方的管理来说，银行对工程项目最直接的管理内容是比较单一的，主要是对项目（　　）的控制。
   A. 资金支出　　　　　　B. 信贷流程　　　　　　C. 资金风险　　　　　　D. 资金投入

6. 工程项目管理的基本原理主要是（　　）。
   A. 动态管理　　　　　　　　　　　　　B. 分工管理
   C. 过程控制　　　　　　　　　　　　　D. 目标的系统管理和过程控制

7. 工作分解结构中的级别越（　　），对项目可交付成果的描述越（　　）。
   A. 高　粗略　　　　　　B. 高　详细　　　　　　C. 低　详细　　　　　　D. 低　粗略

8. 根据世界银行咨询服务合同标准文本，（　　）的采购有两种计价方式：复杂的采用基于时间的计价方式；其他则采用总价计价方式。
   A. 施工承包　　　　　　B. 咨询服务　　　　　　C. 总承包项目　　　　　　D. 咨询管理

9. （　　）模式由业主委托咨询工程师进行前期的可行性研究等工作，待项目评估立项后再进行设计，设计基本完成后通过招标选择承包商。
   A. 传统的项目管理　　　　　　　　　　B. 工程总承包管理
   C. 专业化的项目管理　　　　　　　　　D. 私营化管理

10. （　　）是指以独立和公正的方式，对工程项目实施活动进行综合协调，围绕工程项目的费用、进度和质量目标进行综合系统规划，以使工程项目的实施形成一种可靠安全的目标控制机制。
    A. 工程项目综合管理　　　　　　　　　B. 工程项目综合控制
    C. 工程项目总控　　　　　　　　　　　D. 工程项目目标管理

11. 提高（　　）对工程项目的参与程度，取得其理解和支持是项目社会评价的重要内容之一。

    A. 业主   B. 政府   C. 社会   D. 民众

12. 部门设置包括部门职能的合理确定与（　　）两个方面的内容，是组织机构设置中的一对重要关系。

    A. 部门划分   B. 管理层次   C. 管理幅度   D. 组织结构确定

13. 对于政府投资项目，采用直接投资和资本金注入方式的，从投资决策角度只审批（　　），除特殊情况外不再审批开工报告，同时应严格政府投资项目的初步设计、概算审批工作。

    A. 项目决策书   B. 项目设计图纸

    C. 施工图总平面布置   D. 项目建议书和可行性研究报告

14. 工程项目计划通常要在多个方案中进行分析、评价和筛选，最终形成一个（　　）的方案。

    A. 明确的、可行的   B. 可行的、最优的   C. 节约的、可行的   D. 可行的、优化的

15. 工程项目（　　）是对工程项目执行"期间"的关键指标、目标、风险和设想等因素进行监控的结果，是对工程项目能否获得圆满成功的早期预警。

    A. 绩效报告   B. 状态报告   C. 进展报告   D. 预测报告

16. 对团队成员的（　　）是保证项目按进度计划和工作质量标准完成工作任务的重要途径，是保证项目目标实现的有效手段。

    A. 培训   B. 征询   C. 评价   D. 考核

17. （　　）的目的主要是解决对项目的认识、项目的工作方法、工作要求、工作计划、相互分工、相互合作等。

    A. 项目开展初期的培训   B. 项目工作中的培训

    C. 项目结束后的培训   D. 人员配合训练

18. （　　）是变更工作中最敏感的，承包商总希望在变更工作开始前即能确定变更费用额，而业主则希望先开始实施变更工作，然后双方再协商确定变更工作的费用，其主要目的是为了避免拖延工期。

    A. 变更费用   B. 工期延误   C. 主体变更   D. 合同变更

19. 对于信息资源与人力资源相对不足，而资金资源与时间资源较为充分的项目来说，借用外部力量，采用（　　）组织结构形式可能更为适宜。

    A. 职能式   B. 项目式   C. 矩阵式   D. 复合式

20. 在某些情况下，人员可能已被预先安排好。这些情况主要有（　　）。

    A. 项目是一个竞争性建议的结果，特别的人员已作为建议书的一部分被确定了

    B. 项目是一个内部服务项目，人员安排在项目的有关批准文件中已被确定

    C. 项目委托方对项目人员有特殊要求，项目团队的一些特别人员必须按委托方要求来安排

    D. 以上均正确

21. 邀请招标采用（　　）的形式发布。

    A. 公告   B. 要约邀请   C. 要约   D. 承诺

22. （　　）中任何不具有独立法人资格的附属机构（单位），或者为招标项目的前期准备或者监理工作提供设计、咨询服务的任何法人及其任何附属机构（单位），都无资格参加该招标项目的投标。

    A. 投标申请人   B. 潜在投标人   C. 投标人   D. 招标人

23. 在进行项目人力资源安排时，下列不属于必须考虑潜在的可得到的人力资源特点是（　　）。

A. 以前的经验　　　　B. 个人特点　　　　C. 个人年龄　　　　D. 可得到程度

24. 建设行政监督部门自收到备案材料之日起（　　）个工作日内没有提出异议，招标人可发布招标公告或发出投标邀请书。

A. 5　　　　　　　　B. 7　　　　　　　　C. 10　　　　　　　　D. 15

25. 投标保证金有效期是指当超出投标有效期（　　）天，投标人不按招标文件要求提交投标保证金的，该投标文件将被拒绝。

A. 20　　　　　　　　B. 28　　　　　　　　C. 30　　　　　　　　D. 45

26. 合同要在双方友好协商的基础上订立，签约双方都是平等的，任何一方都不得把自己的意志强加于另一方，更不得强迫对方同自己签订合同，这体现了工程项目合同管理的（　　）。

A. 公平原则　　　　B. 诚实信用原则　　　C. 平等自愿原则　　　D. 等价有偿原则

27. （　　）是指业主在中标函中对实施、完成和修复工程缺陷所接受的金额，来源于承包商的投标报价并对其确认。

A. 合同价格　　　　B. 接受的合同款额　　C. 支付保函　　　　D. 最终结算的合同价

28. 招标人与中标人签订合同后（　　）个工作日内，应当向中标人和未中标的投标人退还投标保证金。

A. 5　　　　　　　　B. 7　　　　　　　　C. 10　　　　　　　　D. 15

29. （　　）是对承包商按合同约定完满完成施工任务的证明。

A. 签发履约保函　　　　　　　　　　B. 工程接收证书的颁发

C. 竣工验收申请　　　　　　　　　　D. 工程试车申请

30. 承包商收到开工通知后的（　　）天内，按工程要求的格式和详细程度提交施工进度计划，说明为完成施工任务而打算采用的施工方法、施工组织方案、进度计划安排，以及按季度列出根据合同预计应支付给承包人费用的资金估算表。

A. 7　　　　　　　　B. 14　　　　　　　C. 28　　　　　　　　D. 42

31. 合同内以履约保函和（　　）两种手段作为约束承包商忠实履行合同义务的措施。

A. 预付款　　　　　　B. 保留金　　　　　C. 预付款保函金额　　D. 进度款

32. 因发包人的原因达不到约定的质量标准，由发包人承担返工的（　　），工期相应顺延。

A. 合同价款　　　　　B. 违约金　　　　　C. 追加合同价款　　　D. 合同预付款

33. 在工程承包合同的履行过程中，下列不属于发包人义务的是（　　）。

A. 办理土地征用、拆迁补偿、平整施工场地等工作

B. 开通施工场地与城乡公共道路的通道

C. 组织承包人和设计单位进行图纸会审和设计交底

D. 保证施工场地清洁符合环境卫生管理的有关规定

34. 工程质量应当达到协议书约定的质量标准，质量标准的评定以（　　）的质量检查评定为准。

A. 业主　　　　　　　　　　　　　　B. 总包商

C. 国家或专业的质量检验评定机构　　D. 监理工程师

35. 工程预付款主要用于采购（　　）。

A. 建筑机械　　　　　B. 劳动力　　　　　C. 建筑材料　　　　　D. 生活用品

36. 由于（　　）承包商有权要求补偿损失，其数额是承包商在被终止工程中的人工、材料、机械设备的全部支出，以及各项管理费用、保险费、贷款利息、保函费用的支出（减去

已结算的工程款），并有权要求赔偿其盈利损失。

    A. 承包商要求延长工期   B. 业主不正当地终止工程

    C. 不利的自然条件和人为障碍   D. 物价上涨

37. （　　）可以利用计算机进行（如项目管理软件），也可以手工来做，在一些小项目中，或大型项目的早期阶段，手工技术更为有效，而在实际运用过程中，手工和计算机可以结合起来使用。

    A. 工作顺序安排   B. 工作时间估算   C. 进度计划   D. 进度控制

38. 与工程采购不同，货物采购合同签订后要实行（　　），这是货物合同履行的重要保证，是货物招标投标工作的延续。

    A. 验收与隐蔽   B. 抽样调查

    C. 取样检验   D. 催交和现场监理与检验

39. 需要业主派咨询工程师到制造现场进行监督检查的是（　　）。

    A. 机械设备制造过程   B. 材料生产过程

    C. 货物运送过程   D. 检查验收过程

40. 下图所示为工程项目各项工作之间的逻辑关系，其属于工艺关系的是（　　）。

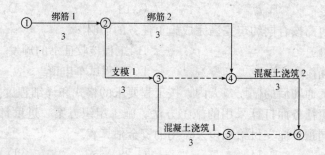

    A. 1—2—3—5   B. 1—2—4—6   C. 1—2—3—4   D. 1—2—3—4—6

41. （　　）绘制步骤是先将所有节点按其最早时间定位在时标网络计划表中的相应位置，然后再用规定线型（实箭线和虚箭线）按比例绘出实工作和虚工作。

    A. 直接绘制法   B. 间接绘制法   C. 单代号绘图法   D. 双代号绘图法

42. （　　）是指一项工作每缩短一个单位时间所需增加的直接费，它等于最短时间直接费和正常时间直接费之差，再除以正常持续时间与最短持续时间之差的商值。

    A. 总费用   B. 工期缩短值   C. 直接费用率   D. 间接费用率

43. "香蕉"曲线是由 ES 和 LS 两条曲线形成的闭合曲线，不能利用"香蕉"曲线实现（　　）。

    A. 进度计划的合理安排   B. 实际进度与计划进度的比较

    C. 对后续工程进度预测   D. 分析出进度超前或拖后的原因

44. 根据《建筑安装工程费用项目组成》文件的规定，大型机械设备进出场及安拆费中的辅助设施费用应计入（　　）。

    A. 直接费   B. 间接费   C. 施工机械使用费   D. 措施费

45. 下列对工程项目各阶段资源消耗计划特点的表述，错误的是（　　）。

    A. 工程项目决策阶段的资源消耗计划主要是人力资源的计划

    B. 决策阶段资源计划所需的材料和设备只起辅助作用，且投入量约占总资源投入量的1%~3%，故不太重要

C. 实施阶段资源是工程项目实施必不可少的，费用往往占工程总费用的 80% 以上

D. 工程项目准备阶段需要大量的专业人员，特别是设计工作需要各种专业工程师

46. （   ）是通过实际进度前锋线与原进度计划中各工作箭线交点的位置来判断工作实际进度与计划进度的偏差，进而判定该偏差对后续工作及总工期影响程度的一种方法。

A. 横道图比较法　　　B. 列表比较法　　　C. 前锋线比较法　　　D. S 形曲线比较法

47. （   ）是指管理和试验部门及附属生产单位使用的属于固定资产的房屋、设备仪器等的折旧、大修、维修或租赁费。

A. 工具用具使用费　　B. 经常修理费　　　C. 固定资产使用费　　D. 大修理费

48. （   ）编制施工图预算是按工程量计算规则和预算定额确定分部分项工程的人工、材料、机械消耗量，再按照资源的市场价格计算出各分部分项工程的工料单价，以工料单价乘以工程量汇总得到直接工程费，再按照市场行情计算措施费、间接费、利润和税金等，汇总得到单位工程费用。

A. 工料单价法　　　B. 综合单价法　　　C. 预算单价法　　　D. 实物法

49. 在施工图预算的编制方法中，（   ）编制施工图预算可较准确地反映实际水平，误差较小，适用于市场经济条件波动较大的情况。

A. 单价法　　　　　B. 实物法　　　　　C. 工料单价法　　　D. 综合单价法

50. 编制费用计划过程中最重要的方法是（   ）。

A. 按费用构成分解的目标　　　　　　　B. 按项目组成分解的目标

C. 项目费用目标的分解　　　　　　　　D. 项目费用估算的分解

51. 委托另一家有权威的咨询公司进行工程咨询成果质量评审是（   ）。

A. 专家评审　　　　B. 同行评审　　　　C. 内部评审　　　D. 外部评审

52. 为使设计与采购相衔接，对主要的关键设备必要时可召开制造厂协调会议，由（   ）落实技术和商务问题。

A. 设计部门　　　　　　　　　　　　　B. 设计部门和采购部门分别

C. 采购部门和设计部门分别　　　　　　D. 采购部门

53. 成熟技术的工艺方案由（   ）组织评审。

A. 工艺专业　　　　B. 设计经理　　　　C. 业主　　　　　　D. 咨询工程师

54. 施工单位质量管理工作不包括（   ）。

A. 建立健全质量管理体系，制定质量管理体系文件

B. 确定过程质量控制点、质量检验标准和方法

C. 对关键质量点跟踪监控

D. 加强进场材料、构配件和设备的检验

55. （   ）的目的，是为了配合整个项目的管理计划，制定风险管理的有关制度、方法，明确风险管理人员和相关人员的职责，有计划地安排各项风险管理活动，同时安排好保证为风险管理活动提供充足的资源和时间，保证工程项目顺利进行。

A. 制订风险管理计划　　　　　　　　　B. 建立风险管理体系

C. 评估风险分析报告　　　　　　　　　D. 风险识别

56. 在工程项目风险识别的方法中，（   ）是收集风险识别数据的主要方法之一。

A. 访谈　　　　　　B. 头脑风暴法　　　C. 德尔菲法　　　　D. SWOT 分析

57. 离散分布可以用来表现（   ），如测试结果或决策树的某种可能选项。

A. 敏感性事件　　　B. 风险事件　　　　C. 持续时间　　　　D. 不确定事件

58. （　　）是编制预算必备的工具书之一，主要有各种常用数据、计算公式、金属材料的规格、单位重量等项内容。

　　A. 招标文件　　　　　　　　　　　　　B. 施工组织设计

　　C. 经批准的设计概算文件　　　　　　　D. 预算工作手册

59. （　　）是提高现场施工人员安全意识的主要手段，是现场 HSE 管理至关重要的一个环节。

　　A. 现场培训　　　　B. 专项培训　　　　C. 日常培训　　　　D. 入场培训

60. 当（　　）小于1时，表示（　　）。

　　A. 费用绩效指数，节支　　　　　　　　B. 费用绩效指数，超支

　　C. 进度绩效指数，进度延误　　　　　　D. 进度绩效指数，进度提前

二、多项选择题（共35题，每题2分。每题的备选项中，有2个或2个以上符合题意，至少有1个错项。错选，本题不得分；少选，所选的每个选项得0.5分）

61. 工程项目准备阶段的主要工作不包括（　　）。

　　A. 可行性研究　　　　　　　　　　　　B. 项目评估及决策

　　C. 工程项目征地　　　　　　　　　　　D. 工程项目的初步设计

　　E. 投资机会研究

62. 业主在实施准备阶段的主要任务有（　　）。

　　A. 取得项目选址、资源利用、环境保护等方面的批准文件，协商并取得原料、燃料、水、电等供应以及运输等方面的协议文件

　　B. 明确勘察设计的范围和设计深度，选择有信誉和合格资质的勘察、设计单位进行勘察、设计，签订合同，并进行合同管理

　　C. 聘请咨询监理机构

　　D. 及时办理有关设计文件的审批工作

　　E. 组织落实项目建设用地，办理土地征用、拆迁补偿及施工场地的平整等工作

63. 如果准备为借款人提供贷款，就要依据有关规定准备必要的法律文件，主要有（　　）。

　　A. 借款合同　　　　　　　　　　　　　B. 保证合同

　　C. 利息合同　　　　　　　　　　　　　D. 抵押合同

　　E. 质押合同

64. 事实上，任何一个工程项目管理团队仅仅对工程项目本身的日常活动进行管理是不够的，必须考虑多方面的影响，包括（　　）。

　　A. 上级组织的影响　　　　　　　　　　B. 内部各部门的影响

　　C. 标准、规范和规程的约束　　　　　　D. 市场行情的约束

　　E. 社会经济、文化、政治、法律等方面的影响

65. 下列不属于变更令的内容的是（　　）。

　　A. 变更工作的工程量表

　　B. 变更工作的设计图纸

　　C. 业主名称、业主授权代表签字

　　D. 咨询工程师名称、咨询工程师授权代表签字

　　E. 承包商名称、承包商授权代表签字

66. 目标系统至少由（　　）3个层次构成。

　　A. 管理机制　　　　　　　　　　　　　B. 系统组织

C. 系统目标   D. 子目标

E. 可执行目标

67. 承包商项目管理的目的是( )。

A. 保证承包的工程项目或设备制造在进度与质量上达到委托合同规定的要求

B. 实现投资主体的投资目标和期望

C. 努力实现投资目标

D. 保证工程项目建成后的功能标准

E. 追求自身收益的最大化

68. 限额贷款在发放中还要注意严格执行贷款的发放程序，并在出现下列( )情况时及时停止贷款的发放。

A. 借款人不按借款合同规定的用途使用贷款

B. 借款人不按借款合同的规定偿还本息

C. 国家或银行规定的其他有关禁止行为

D. 借款人的企业法人代表发生变更

E. 借款人所在企业出现亏损现象

69. 职能式组织结构的优点不包括( )。

A. 项目管理相对简单，使项目成本、质量及进度等控制更加容易进行

B. 项目团队内容容易沟通

C. 提高了工作效率与反应速度，相对项目式结构来说，减少了工作层次与决策环节

D. 相对矩阵式组织结构来说，可在一定程度上避免资源的囤积与浪费

E. 在强职能式模式中，由于项目经理来自于公司的项目管理部门，可使项目运行符合公司的有关规定，不易出现矛盾

70. 考核的管理包括( )。

A. 考核结果的分析   B. 阶段总结汇报

C. 考核分析结果的记录   D. 结果的反馈与工作调整

E. 结果的使用

71. 银行在对贷款项目的评估中，对项目基本情况评价的内容有( )。

A. 项目的市场分析与市场定位   B. 项目建设合法性分析

C. 项目建设的必要性   D. 项目可行性研究分析

E. 同类竞争项目的比较

72. 口头沟通的方式有私下联系、团队会议或者打电话，这些沟通方式的特点是( )。

A. 沟通方便   B. 具有很大程度的灵活性且沟通速度快

C. 能提供一些正式沟通中难以获得的信息   D. 不容易失真

E. 约束力强

73. 项目范围定义的工作结果有( )。

A. 工作分解结构   B. 完成的可交付成果

C. 更新的工作范围文件   D. 项目合同文件

E. 评价报告

74. 下列不属于项目进入招标实施阶段后，咨询工程师应该从事的相关工作的是( )。

A. 确定项目的勘察范围   B. 编制项目可行性研究报告

C. 草拟合同   D. 编制标底

E. 制定具体的评标标准

75. 排名第一的中标候选人（ ），招标人可以确定排名第二的中标候选人为中标人。

A. 在收到中标通知书之日起 15 日内未向相关部门提交招投标报告

B. 在收到中标通知书之日起 15 日内未同招标人签订书面合同

C. 放弃中标

D. 因不可抗力提出不能履行合同

E. 在招标文件规定的应当提交履约保证金的期限内未能提交

76. 管理组织设计的依据有（ ）。

A. 项目自身的特点

B. 承担项目任务公司的项目管理要求与管理水平

C. 被委托方的要求

D. 项目的资源情况

E. 国家的有关法规

77. 在工程项目人力资源管理中项目组织人员获取的依据包括（ ）。

A. 人员配备计划　　　　　　　　　　B. 人力资源实践

C. 可获取人力资源情况　　　　　　　D. 招聘惯例

E. 约束条件

78. 项目启动会议的主要内容有（ ）。

A. 宣布项目正式开始工作　　　　　　B. 介绍项目团队成员

C. 介绍工作方法　　　　　　　　　　D. 宣布工作计划

E. 宣布并落实人员分工

79. 下列属于对工程项目合同按建设程序不同阶段划分的是（ ）。

A. 勘察设计合同　　　　　　　　　　B. 监理合同

C. 招标代理合同　　　　　　　　　　D. 工程造价咨询合同

E. 劳务分包合同

80. 下列属于货物采购合同标的的是（ ）。

A. 通信线路　　　　　　　　　　　　B. 电力

C. 仪表　　　　　　　　　　　　　　D. 消防设施

E. 空调设备

81. 关于招标文件的发放，下列表述有误的是（ ）。

A. 招标人应当按招标公告或者投标邀请书规定的时间、地点向合格的投标申请人发放招标文件

B. 招标人只能通过出售方式发布书面招标文件

C. 通过信息网络或者其他媒介发布的招标文件与书面招标文件不具有法律效力

D. 招标人应当保持书面招标文件原始正本的完好

E. 投标申请人收到招标文件、图纸和有关资料后，应认真核对，核对无误后，应以书面形式予以确认

82. 对于设备安装工程，应当组织试车，试车的类型有（ ）。

A. 单机无负荷试车　　　　　　　　　B. 联动无负荷试车

C. 投料试车　　　　　　　　　　　　D. 单机有负荷试车

E. 联动有负荷试车

83. 在工程项目工作的顺序安排中，逻辑关系的表达分为（   ）等几种形式。
    A. 平行关系
    B. 工艺关系
    C. 组织关系
    D. 顺序关系
    E. 搭接关系

84. 某高速公路由于业主高架桥修改设计，监理工程师下令承包商工程暂停1个月。在这种情况下，承包商可索赔的费用有（   ）。
    A. 分包费用
    B. 利润
    C. 保函手续费
    D. 利息
    E. 总部管理费

85. 工程项目进度控制的依据不包括（   ）。
    A. 资源配备
    B. 变更申请
    C. 约束条件
    D. 进度报告
    E. 工作清单

86. 工程项目工作时间估算的成果包括（   ）。
    A. 时间估算
    B. 时间估算的依据
    C. 经过进一步调整的工作清单
    D. 工程项目网络图
    E. 进度计划表

87. 时标网络图将项目的网络图和横道图结合起来，它的特点有（   ）。
    A. 它既是一个网络计划，又是一个水平进度计划，能够清楚地标明计划的时间进程，便于使用
    B. 能在图上直接显示出各项工作的开始和完成时间、工作的自由时差及关键线路
    C. 可以确定同一时间对材料、机械、设备以及人力的需要量
    D. 时标网络图的时间单位应根据需要在编制网络计划之前确定
    E. 时标网络图能全面反映各项工作之间的逻辑关系和整个工程的主次工作

88. 下列属于建筑安装工程直接费中施工机械使用费的有（   ）。
    A. 机械安拆费
    B. 运输机械养路费
    C. 机械燃料动力费
    D. 机械由一工地运至另一工地的运输费
    E. 施工机构（公司、工程处、工区）成建制地由原驻地迁移至另一地区的机械运输费

89. 预算单价法编制施工图预算的基本步骤是（   ）。
    A. 准备资料，熟悉施工图纸
    B. 计算工程量
    C. 套用消耗定额，计算人、机、材消耗量
    D. 编制工料分析表
    E. 按计价程序计取其他费用，并汇总造价

90. 工程项目总概算是根据所包括的（   ）汇总编制而成的。
    A. 单项工程综合概算
    B. 预算费用
    C. 单位工程概算
    D. 工程建设其他费用概算
    E. 预备费用概算

91. 设计评审包括（   ）。
    A. 工艺方案评审
    B. 各专业方案评审
    C. 施工图设计评审
    D. 设计策划评审
    E. 初步设计评审

92. 风险识别的目的在于（   ）。

A. 确认项目风险的存在

B. 确认项目风险的性质

C. 对项目风险进行分解

D. 确认在何时可能以何种方式造成何种后果

E. 制订风险管理计划

93. 下列不属于规费的是(　　)。

A. 工程排污费 　　　　　　　　　　　B. 住房公积金

C. 工程定额测定费 　　　　　　　　　D. 财产保险费

E. 环境保护费

94. 建立 HSE 管理体系的主要步骤有(　　)。

A. 领导决策 　　　　　　　　　　　　B. 成立工作组

C. 人员培训 　　　　　　　　　　　　D. 初始状态评审

E. 进度报告

95. 下列不属于设计经理质量职责的是(　　)。

A. 负责专业之间的衔接

B. 负责组织涉及各专业的综合技术方案的审查和协调，确保综合技术方案的合理性

C. 负责组织或监督检查设计各阶段的设计评审和设计验证

D. 按质量计划规定，督促、检查项目质量计划执行情况，特别是主要质量控制点的验证、检查和评审活动

E. 发现调查研究不细，数据不实，分析方法不科学、不合理，不符合有关规定时，要认真组织补做有关工作，需要进行科学实验的要进行科学实验

参考答案

一、单项选择题

1	D	2	B	3	A	4	C	5	D
6	D	7	C	8	B	9	A	10	C
11	C	12	A	13	D	14	B	15	A
16	D	17	A	18	A	19	B	20	D
21	B	22	D	23	C	24	A	25	C
26	C	27	B	28	A	29	B	30	C
31	B	32	C	33	D	34	C	35	C
36	B	37	A	38	D	39	A	40	A
41	B	42	C	43	D	44	D	45	B
46	C	47	C	48	C	49	B	50	C
51	D	52	B	53	A	54	C	55	B
56	A	57	D	58	D	59	A	60	C

二、多项选择题

61	ABE	62	ABCD	63	ABDE	64	ACE	65	AB
66	CDE	67	AE	68	ABC	69	CDE	70	ACDE
71	ABCE	72	ABC	73	AC	74	AB	75	CDE
76	ABDE	77	ACD	78	ABDE	79	ABCD	80	CDE
81	BC	82	ABC	83	ADE	84	ACDE	85	ACE
86	ABC	87	ABCD	88	ABCD	89	ABDE	90	ADE
91	ACE	92	ABD	93	DE	94	ABCD	95	DE

工程项目组织与管理 （五）

一、单项选择题 （共 60 题，每题 1 分。每题的备选项中，只有 1 个最符合题意）

1. （　　）是指工程总承包企业按照合同约定，承担工程项目设计和施工，并对承包工程的质量、安全、工期、造价全面负责。
    A. 设计一施工总承包
    B. 设计一管理总承包
    C. 交钥匙总承包
    D. 采购一施工总承包

2. 业主在工程项目决策阶段，需要择优聘请有资质、信誉好的专业咨询机构对项目的建设规模、产品方案、工程技术方案等进行研究、比较，根据需要进行项目（　　），编制项目建议书和可行性研究报告，为决策提供科学依据。
    A. 方案评价
    B. 财务评价
    C. 社会评价
    D. 国民经济评价

3. （　　）分析拟建项目对历史文化遗产、自然遗产、风景名胜和自然景观等可能造成的不利影响，并提出保护措施。
    A. 环境和生态现状
    B. 生态环境影响
    C. 生态环境保护措施
    D. 特殊环境影响

4. 尽管同类产品或服务会有许多相似的工程项目，但由于工程项目建设的时间、地点、条件等会有若干差别，都涉及某些以前没有做过的事情，这体现了工程项目的（　　）。
    A. 固定性
    B. 整体性
    C. 唯一性
    D. 一次性

5. 工程项目建设中各项具体工作的进度安排和合理交叉，相互衔接关系的确定，资源的分配，质量标准的制定，费用的控制等都需要以实现项目（　　）的功能和技术、经济指标要求为准绳，并用这个准绳来化解各项矛盾和冲突。
    A. 设定目标
    B. 终极目标
    C. 综合目标
    D. 总体目标

6. （　　）阶段是战略决策的具体化，它在很大程度上决定了工程项目实施的成败及能否高效地达到预期目标。
    A. 工程项目决策
    B. 工程项目准备
    C. 工程项目实施
    D. 工程项目竣工验收

7. 可交付成果的含义是可以将该项工作独立委托给一个组织实施，在这种情况下，该组织可将此项可交付成果作为子项目再细分，并将有关工作列入其项目（　　）和进度计划中。
    A. 规划
    B. 组织
    C. 实施
    D. 控制

8. 从组织与项目目标关系的角度看，项目管理组织的根本作用是通过（　　），汇聚和放大项目组织内成员的力量，保证项目目标的实现。
    A. 部门设置
    B. 资源共享
    C. 控制活动
    D. 组织活动

9. 目标的（　　）就是把整个项目的工作任务和目标作为一个完整的系统加以统筹和控制。
    A. 系统管理
    B. 过程管理
    C. 系统控制
    D. 过程控制

10. （　　）是指从事工程总承包的企业受业主委托，按照合同约定对工程项目的勘察、设计、采购、施工、试运行（竣工验收）等实行全过程或若干阶段的承包。
    A. 施工总承包
    B. 工程总承包
    C. 设计总承包
    D. 采购总承包

11. 为避免投资的风险，在项目前期进行（　　）是非常必要的。

    A. 技术评价   B. 技术经济评价   C. 经济效益评价   D. 财务评价

12. （   ）有利于提高组织的专业化程度，提高管理人员的技术水平，但可能使项目人员缺乏总体眼光，不利于高级管理人员与项目运作人员的培养。

    A. 区域划分法   B. 业务划分法   C. 职能划分法   D. 程序划分法

13. 业主在竣工验收阶段的主要任务是（   ）。

    A. 组织有关方面对施工单位拟交付的工程进行竣工验收和工程决算

    B. 办理工程接收手续

    C. 做好项目有关资料的接收与管理工作

    D. 以上均正确

14. （   ）是保证综合管理工作顺利开展的主要手段。

    A. 协调   B. 合作   C. 团结   D. 沟通

15. （   ）的目的就是要不断监视计划实施的过程，当出现偏离时，立即采取措施纠正偏离，在总体上保证进度、质量和费用等计划目标的实现。

    A. 制订计划   B. 组织结构建立   C. 组织管理控制   D. 计划实施控制

16. 对于一个小的管理咨询项目，团队的主要成员都是中年专家型人才，以前也合作过，工作质量与工作信誉都很好，因此对其考核的重点不应在劳动纪律上，而应在（   ）与工作成本上。

    A. 工作态度   B. 成员互评   C. 工作效果   D. 工作进度

17. （   ）是为了加快团队成员之间的了解，提高团队之间的默契性、互动性及协调能力而设计和组织的训练性活动。

    A. 团队整顿   B. 人员配合训练

    C. 项目工作中的培训   D. 项目开展初期的培训

18. 范围变更控制就是（   ）。

    A. 确认范围必须变更

    B. 对造成范围变更的因素施加影响以确保这些变化给项目带来益处

    C. 当变更发生时对实际变更进行管理

    D. 以上均正确

19. 关于管理层次与管理跨度，下列说法不正确的是（   ）。

    A. 管理层次是指从管理组织的最高管理者到最下层实际工作人员之间进行分级管理的不同管理阶层

    B. 管理跨度是指上级管理人员所直接管理下级的人数

    C. 管理层次过多势必要增加管理跨度

    D. 对于不同层次的管理及不同类型的事务，管理跨度是不同的

20. 关于工程项目人力资源管理一般过程的表述，下列说法错误的是（   ）。

    A. 工程项目人力资源管理的一般过程包括制订组织计划、人员获取、团队发展以及结束4个阶段

    B. 其中团队组织计划包括人员角色与职责分工、人员来源分析、人员配备管理计划、制作组织图表等内容

    C. 人员获取包括人员获取实施、团队成员确定等工作

    D. 团队的发展包括使项目团队保持工作能力的各种途径与技巧，以及必需的奖励、培训等工作

21. （　　）中投标申请人的数目有限，竞争的范围有限，招标人拥有的选择余地相对较小，有可能提高中标的合同价，也有可能将某些在技术上或报价上更有竞争力的供应商或承包商遗漏。

    A. 议标　　　　　　　B. 指定中标　　　　　C. 公开招标　　　　　D. 邀请招标

22. （　　）应由工程成本、利润、税金、保险、措施费以及采用固定价格的风险金等构成。

    A. 投标报价　　　　　B. 报价竞标　　　　　C. 投标函　　　　　　D. 中标项目建设资金

23. 对于一个项目来说，（　　）可用于取得特殊个人或组织提供的服务。

    A. 商谈　　　　　　　B. 选拔　　　　　　　C. 招聘　　　　　　　D. 考核

24. （　　）是招标人的参谋，为招标人提供招标咨询服务，其工作的质量和水平对招标投标工作具有决定性的作用。

    A. 咨询工程师　　　　B. 招标代理机构　　　C. 资产评估师　　　　D. 造价工程师

25. 实施（　　）的目的是为了有效地控制招标过程中的投标申请人数量，确保工程招标人选择到满意的投标申请人实施工程建设。

    A. 投标须知　　　　　B. 招标公告　　　　　C. 资格预审　　　　　D. 资格后审

26. （　　）是调整平等主体的公民之间、法人之间、公民与法人之间的财产关系和人身关系的基本法律。

    A. 《中华人民共和国合同法》　　　　　　B. 《中华人民共和国民法通则》

    C. 《中华人民共和国招标投标法》　　　　D. 《中华人民共和国建筑法》

27. （　　）是指按照合同各条款的约定，承包商完成建造和保修任务后，对所有合格工程有权获得的全部工程款。

    A. 合同价格　　　　　　　　　　　　　　B. 接受的合同款额

    C. 支付保函　　　　　　　　　　　　　　D. 最终结算的合同价

28. 关于联合体投标，下列表述有误的一项是（　　）。

    A. 两个以上法人或者其他组织可以组成一个联合体，以一个投标人的身份共同投标

    B. 联合体各方签订共同投标协议后，可再以单独一家的名义单独投标

    C. 联合体参加资格预审并获通过的，其组成的任何变化都必须在提交投标文件截止之日前征得招标人的同意

    D. 如果变化后的联合体削弱了竞争，含有事先未经过资格预审或者资格预审不合格的法人或者其他组织，或者使联合体的资质降到资格预审文件中规定的最低标准以下，招标人有权拒绝

29. 工程项目合同示范文本制定的目的是（　　）。

    A. 指导合同当事人订立合同　　　　　　　B. 增强当事人必要的法律常识

    C. 使合同形成一种统一的形式　　　　　　D. 规定当事人的权利及义务

30. 业主提供的支付保函担保金额可以按总价或分项合同价的某一百分率计算，担保期限至缺陷通知期满后（　　）个月，并且为无条件担保，使合同双方的担保义务对等。

    A. 1　　　　　　　　　B. 3　　　　　　　　　C. 5　　　　　　　　　D. 6

31. 采用（　　）的施工工作内容应以计量的数量作为支付进度款的依据。

    A. 单价合同　　　　　　　　　　　　　　B. 总价合同

    C. 单价包干混合式合同　　　　　　　　　D. 施工合同

32. （　　）方式要求当年开工、当年不能竣工的单项工程或单位工程按照工程形象进度，划分不同阶段进行结算。

    A. 按月结算   B. 竣工后一次结算   C. 按年结算   D. 分段结算

33. 施工中发包人如果需要对原工程设计进行变更，应不迟于变更前（   ）天以书面形式向承包人发出变更通知。

    A. 7   B. 14   C. 28   D. 42

34. 在工程承包合同的履行过程中，办理土地征用、拆迁补偿、平整施工场地等工作是（   ）的义务。

    A. 发包人   B. 承包人   C. 咨询工程师   D. 政府机构

35. 在工程质量评定过程中，因承包人的原因而达不到约定标准时，由承包人承担（   ）的责任。

    A. 返工费用，工期予以顺延   B. 返工费用，工期不予顺延

    C. 追加合同价款，工期相应顺延   D. 一半返工费用

36. 如果在基准日期以后，工程施工所在国政府或其授权机构对支付合同价格的一种或几种货币实行货币限制或货币汇兑限制，则（   ）应补偿承包商因此而受到的损失。

    A. 供货人   B. 购货人   C. 业主   D. 分包商

37. 工作之间由于组织安排需要或资源（人力、材料、机械设备和资金等）调配需要而规定的先后顺序关系称为（   ）。

    A. 工艺关系   B. 逻辑关系   C. 组织关系   D. 工作关系

38. 建筑工程中预付款的预付额度一般不得超过当年建筑工程工作量的（   ）。

    A. 30%   B. 20%   C. 25%   D. 50%

39. 催交工作主要包括（   ）。

    A. 催促供货人按照合同规定，及时向招标人提交一份详细的制造进度表，明确交货日期，以便催交工作的开展

    B. 检查供货人主要原材料的采购和准备进展情况，并检查供货人主要外协配件和配套辅机的采购进展情况

    C. 检查设备、材料的制造、组装、试验、检验和装运的准备情况，检查各关键工序是否按生产计划进行，催交人员应不断评估供货人的进度状态，确保全部关键控制点的进度按期进行

    D. 以上均正确

40. （   ）是利用节点代表工作而用表示依赖关系的箭线将节点联系起来的一种绘制项目网络图的方法，此种方法也称节点工作法。

    A. 双代号绘图法   B. 单代号绘图法

    C. 双代号时标网络图法   D. 条件网络图法

41. （   ）是指不计算时间参数而直接按无时标的网络计划草图绘制时标网络计划。

    A. 直接绘制法   B. 间接绘制法

    C. 单代号绘制法   D. 双代号绘制法

42. 确定持续时间缩短值的原则是：缩短时间的工作不得变为非关键工作，其持续时间也不能（   ）其（   ）持续时间。

    A. 大于，最长   B. 大于，最短   C. 小于，最长   D. 小于，最短

43. 在某工程网络计划中，工作 M 的最早开始时间和最迟开始时间分别为第 12 天和第 15 天，其持续时间为 6 天。工作 M 有 3 项紧后工作，它们的最早开始时间分别为第 21 天、第 24 天、第 28 天，则工作 M 的自由时差为（   ）天。

A. 1   B. 3   C. 4   D. 8

44. （　　）就是在工程项目进展过程中，不断进行费用计划值与实际值的比较，发现偏差，分析偏差产生的原因，及时采取纠偏措施。

A. 费用控制   B. 进度控制   C. 偏差控制   D. 投资控制

45. 根据《建筑安装工程费用项目组成》文件的规定，下列属于直接工程费中人工费的是（　　）。

A. 6 个月以上的病假人员工资   B. 装载机驾驶员工资

C. 公司安全监督人员工资   D. 电焊工产、婚假期工资

46. （　　）是记录检查日期应该进行的工作名称及其已经作业的时间，然后列表计算有关时间参数，并根据工作总时差进行实际进度与计划进度比较的方法。

A. 横道图比较法   B. 列表比较法

C. 前锋线比较法   D. S 形曲线比较法

47. （　　）是指从事建筑、安装、修缮、装饰及其他工程作业收取的全部收入，还包括建筑、修缮、装饰工程所用原材料及其他物资和动力的价款，当安装设备的价值作为安装工程产值时，亦包括所安装设备的价款。

A. 营业税   B. 应纳税额   C. 利润   D. 营业额

48. 对整个工程项目总体投资的影响程度最深的是（　　）。

A. 决策阶段   B. 准备阶段   C. 实施阶段   D. 竣工验收阶段

49. 设计核算的编制方法中，（　　）是编制单项工程综合概算的依据。

A. 单项工程概算   B. 设计概算   C. 投资估算   D. 单位工程概算

50. 下列关于实物法编制施工图预算的说法，错误的是（　　）。

A. 实物法编制施工图预算是先用计算出的各分项工程的实物工程量套取施工定额，求得人工费、材料费和施工机械使用费并汇总求和

B. 实物法编制施工图预算所用人工、材料、机械台班的单价是当时当地的实际价格

C. 该方法工作量大，计算过程繁琐

D. 实物法是一种与国际建筑市场接轨、符合发展潮流的预算编制方法

51. 下列关于工程项目前期工作质量管理重要性的说法，错误的是（　　）。

A. 工程项目前期工作，主要是指项目建议书、可行性研究报告、咨询评估报告的编制等

B. 前期工作的质量是整个工程项目的基础

C. 前期各项工作是投资决策的科学依据

D. 前期工作文件，是工程项目实施的规定性文件

52. 工程项目设计质量管理的总要求是（　　）。

A. 满足业主所需的功能和使用价值   B. 满足项目建议书要求

C. 受经济、资源、技术、环境等因素制约   D. 受项目质量目标和水平的限制

53. 关于设计和施工组织的衔接，下列说法错误的是（　　）。

A. 设计文件编制中，设计人员应考虑到设计的可实施性，施工单位提出的施工安装要求，设计人员应予以充分重视

B. 设计文件应包括施工要求、安装说明书以及施工验收标准

C. 设计人员一般应向施工单位进行设计交底，解答施工单位的问题，使其充分了解设计意图

D. 施工过程中，按施工单位的意见再对图纸进行修改

54. （　　）是施工单位工程质量管理的依据，要组织全体职工认真学习讨论，全面贯彻落实。
    A. 质量管理体系文件
    B. 法律法规性文件
    C. 有关质量检验与控制的专门技术法规性文件
    D. 质量记录资料

55. 下列不属于项目风险中技术性风险的是（　　）。
    A. 设计技术的风险　　　　　　　　　B. 施工技术的风险
    C. 生产工艺及其他风险　　　　　　　D. 组织协调风险

56. 初步风险清单列出后，要对产生这些风险的源泉、促成风险产生的条件、风险发生的概率、风险影响面和危害程度进行（　　）。
    A. 识别　　　　　　B. 分析评价　　　　　C. 总结　　　　　D. 分类排序

57. 在工程项目风险识别的方法中，（　　）有助于减少数据中的偏移，并防止任何个人对结果造成不当的影响。
    A. 访谈　　　　　　B. 头脑风暴法　　　　C. 德尔菲法　　　D. SWOT 分析

58. 采用（　　），需要人、材、机的市场价格，有关分部分项工程的综合指导价和《建设工程工程量清单计价规范》中规定的相关工程量计算规则等计价依据。
    A. 工程量清单计价模式　　　　　　　B. 传统计价模式
    C. 预算单价法　　　　　　　　　　　D. 实物法

59. （　　）要报告 HSE 的进展、事件、注意事项、要做的工作、HSE 措施执行期间的状态等。
    A. 项目状态初审报告　　　　　　　　B. 项目 HSE 进度报告
    C. HSE 实施计划　　　　　　　　　　D. 项目 HSE 月报

60. （　　）是指计划执行过程中根据当前的进度、费用偏差情况预测的项目完工总费用。
    A. 预测项目完工时的费用偏差　　　　B. 项目完工预算
    C. 预测项目完工估算　　　　　　　　D. 计划工作预算费用

二、多项选择题（共 35 题，每题 2 分。每题的备选项中，有 2 个或 2 个以上符合题意，至少有 1 个错项。错选，本题不得分；少选，所选的每个选项得 0.5 分）

61. 我国自 1984 年学习鲁布革水电站引水系统工程项目管理经验以来，先后实施的（　　）等均参照传统的项目管理模式。
    A. 招标投标制　　　　　　　　　　　B. 设计－管理总承包模式
    C. 代建制　　　　　　　　　　　　　D. 合同管理制
    E. 建设监理制

62. 政府对社会经济活动进行宏观指导和调控的目的是为了保证社会经济能够健康、有序、持续发展，对工程项目进行管理的主要作用是（　　）。
    A. 保证投资方向符合国家产业政策的要求
    B. 保证工程项目符合国家经济发展社会规划和环境与生态等的要求
    C. 保证国家整体投资规模与外债规模在合理的可控制的范围内进行
    D. 引导投资规模达到合理经济规模
    E. 保证消费价格水平稳定，防止通货膨胀

63. 下列属于贷后管理的是（　　）。
    A. 贷款审批　　　　　　　　　　　　B. 贷款风险预警

C. 贷款发放   D. 评估贷款项目

E. 贷款偿还管理

64. 工程项目管理知识体系目前正处于不断完善和发展的过程中，目前最为流行的主要有（   ）。

A. PMBOK   B. PRINCE

C. ICB   D. PPT

E. BOT

65. 产生变更的原因和详细的变更内容说明包括（   ）。

A. 依据合同的哪一条款发出变更令

B. 变更工作是在接到变更令后立即开始实施，还是在确定变更工作的费用后实施

C. 承包商应在多长期限内对变更工作提出增加费用和延长工期的请求

D. 变更工作的具体内容和变更令附件

E. 变更令编号和签发日期

66. 工程项目目标系统建立的依据有（   ）。

A. 业主的需求说明

B. 技术先进性的要求

C. 国家、地方政府颁布的法律、法规、细则等

D. 国家和行业颁布的强制性标准、规范、规程等

E. 其他资料

67. 承包商对工程项目管理的特点可以从不同的方面加以总结，主要有（   ）。

A. 承包商的管理工作都是以固定场地为中心展开的，不同于其他参与方可以不在工地现场进行项目管理

B. 以委托合同为根本要求

C. 管理直接作用于工程项目实体

D. 管理过程中资金投入相对较小

E. 项目建设风险的最后控制阶段

68. 贷后管理是指提供贷款后，围绕资金的偿还对企业或项目开展的有关工作，主要包括（   ）。

A. 贷后检查   B. 财务评价

C. 贷款风险预警   D. 贷款审批

E. 贷款偿还管理

69. 项目资源包括项目的（   ）等。

A. 环境资源   B. 信息资源

C. 人力资源   D. 时间资源

E. 资金资源

70. 进行一个可行性研究报告编制的项目，至少要把这一项目的工作分解成（   ）等，这一过程就是项目的工作分解。

A. 市场分析与预测   B. 项目建设规模

C. 综合工程方案   D. 产品方案和技术方案

E. 项目财务评价

71. 为减少风险，要对采用何种担保方式贷款进行分析，主要包括（   ）。

A. 信用贷款方式　　　　　　　　B. 保证担保贷款方式

C. 抵（质）押担保贷款方式　　　D. 借款合同的方式

E. 抵押的方式

72. 口头沟通应注意的问题有（　　　）。

A. 应对反映参与者文化差异的身体语言保持不敏感

B. 不要使用可能被误解成歧视、偏见或攻击性的言词

C. 口头沟通的时间选择很重要

D. 要注意沟通的被动性

E. 口头沟通应该坦白、明确

73. 范围确认的依据包括（　　　）。

A. 完成的可交付成果　　　　　　B. 工作分解结构

C. 项目合同文件　　　　　　　　D. 变更令

E. 评价报告

74. 国家融资项目的范围不包括（　　　）。

A. 使用国家发行债券所筹资金的项目

B. 使用国家对外借款或者担保所筹资金的项目

C. 使用各级财政预算资金的项目

D. 使用纳入财政管理的各种政府性专项建设基金的项目

E. 使用外国政府及其机构贷款资金的项目

75. 招标人不得向中标人提出（　　　）或其他违背中标人意愿的要求，以此作为发出中标通知书和签订合同的条件。

A. 压低报价　　　　　　　　　　B. 增加工作量

C. 交纳保证金　　　　　　　　　D. 缩短工期

E. 保证质量

76. 传统组织设计的原则有（　　　）等。

A. "封闭"设计原则　　　　　　　B. 目标原则

C. 相符原则　　　　　　　　　　D. 职责原则

E. 协调原则

77. 人员获取的基本方法有（　　　）。

A. 预安排　　　　　　　　　　　B. 商谈

C. 招聘　　　　　　　　　　　　D. 任命

E. 轮换

78. 项目经理进行全过程控制的关键是对团队成员的工作进行有效的控制，重点需把握（　　　）。

A. 进行合理的分工与适度的授权

B. 个人目标与团队目标相一致

C. 建立和保持有效、畅通的信息通道

D. 经常性的检查，是对固定信息渠道的重要补充

E. 及时进行必要的调整是实现全过程有效控制的重要手段

79. 下列关于我国工程项目合同示范文本颁发的表述正确的是（　　　）。

A. 1999 年颁发《建设工程施工合同（示范文本）》

B. 2000 年颁发《建设工程造价合同（示范文本）》、《建设工程设计合同（示范文本）》、《建设工程委托监理合同（示范文本）》

C. 2002 年颁发《建设工程勘察合同（示范文本）》

D. 2003 年颁发《建设工程施工专业分包合同（示范文本）》和《建设工程施工劳务分包合同（示范文本）》

E. 2005 年颁发《工程建设项目招标代理合同（示范文本）》

80. 采用包装箱对货物进行包装的，供货人应在包装箱的四侧以醒目的方式标记出的内容包括（   ）等。

    A. 目的地   B. 货物名称

    C. 货物毛重或净重   D. 尺寸

    E. 运输方式

81. 投标文件的编制必须按照国家有关招标投标的法律、法规和部门规章的规定，遵循下列（   ）等原则和要求。

    A. 投标人应按招标文件的规定和要求编制投标文件

    B. 投标文件应对招标文件提出的实质性要求和条件作出响应

    C. 投标报价应依据招标文件中商务条款的规定；国家公布的统一工程项目划分、统一计量单位、统一计算规则及设计图纸、技术要求和技术规范编制

    D. 投标文件应遵循公开、公平、公正的编制要求

    E. 投标人不得以低于成本的报价竞标，也不得以他人名义投标或者以其他方式弄虚作假，骗取中标

82. 合同价款可以按（   ）方式约定。

    A. 固定价格合同   B. 可调整价格合同

    C. 成本加酬金合同   D. 变化价格合同

    E. 总价款规定合同

83. 工程项目工作顺序安排的方法包括（   ）。

    A. 时标网络绘图法   B. 双代号绘图法

    C. 单代号绘图法   D. 条件网络图法

    E. 网络样板

84. 下列不属于工程项目进度管理的程序环节的是（   ）。

    A. 工作时间估算   B. 进度计划

    C. 工作清单   D. 工作分解结构

    E. 工作顺序安排

85. 工作清单是（   ）的依据。

    A. 工作顺序安排   B. 工作时间估算

    C. 工作定义   D. 编制进度计划

    E. 工程项目进度控制

86. 费用优化的步骤包括（   ）。

    A. 按工作的正常持续时间确定计算工期和关键线路

    B. 确定工作自由时差和总时差

    C. 计算各项工作的直接费用率

    D. 确定建造总费用

E. 确定间接费用率

87. 在工程项目进度计划中，进度计划编制的依据有（　　）。

A. 工程项目网络图
B. 时间估算
C. 历史数据
D. 时间参数
E. 项目日历和资源日历及资源储备说明

88. 在我国现行建筑安装工程费用中，应计入企业管理费的项目费用有（　　）。

A. 财务费
B. 工会经费
C. 脚手架费
D. 劳动保险费
E. 住房公积金

89. 采用预算单价法编制施工图预算时，计算直接工程费时需注意的问题有（　　）。

A. 分项工程的名称、规格、计量单位与预算单价或单位估价表中所列内容完全一致时，可以直接套用预算单价
B. 分项工程的主要材料品种与预算单价或单位估价表中规定材料不一致时，可以直接套用预算单价
C. 分部工程的主要材料品种与预算单价不一致时，需要按实际使用材料价格换算预算单价
D. 分项工程施工工艺条件与预算单价或单位估价表不一致而造成人工、机械的数量增减时，一般调量不换价
E. 分项工程不能直接套用定额或不能换算和调整时，应编制补充单位估价表

90. 施工图预算的编制依据有（　　）。

A. 经批准和会审的施工图设计文件
B. 工程量清单
C. 施工组织设计
D. 经批准的设计概算文件
E. 招标文件

91. 下列对工艺方案评审的表述，不正确的是（　　）。

A. 工艺方案是决定设计质量和技术水平的关键
B. 成熟技术的工艺方案由设计经理提出申请，由公司技术管理部组织公司及有关单位参加工艺方案评审
C. 评审会由设计经理介绍方案比较情况及推荐的方案
D. 会议纪要由项目经理、设计经理、技术部负责人及评审会主持人共同签署
E. 评审会后，方案需要对原评审意见进行局部修改，则按变更进行处理，送原会议主持人核签后，发送至原发送范围执行

92. 在风险识别方法中，信息采集技术有（　　）。

A. 访谈
B. 头脑风暴法
C. 因果分析图
D. 德尔菲法
E. 根本原因识别

93. 下列属于企业管理费的是（　　）。

A. 办公费
B. 固定资产使用费
C. 工会经费
D. 财务费
E. 社会保障费

94. HSE 管理系统的策划大纲包括（　　）等内容。

A. HSE 管理系统的总结与评价报告
B. HSE 的方针、目标、承诺、控制与管理

C. HSE 的控制和管理程序　　　　　　D. HSE 系统的组织机构

E. HSE 的责、权、利

95. 下列不属于设计各部室质量职责的是(　　　)。

A. 负责控制设计变更，按设计更改控制程序进行控制

B. 对设计关键控制点进行检查，亲自组织或检查对设计质量有重大影响的活动和设计文件

C. 必要时参加项目的合同评审和承包方的资格审查

D. 组织或参加设计各阶段设计输入、设计输出、设计成品的评审或验证

E. 负责设备、材料供货厂商报价的技术评审

参考答案

一、单项选择题

1	A	2	B	3	D	4	C	5	D
6	B	7	A	8	D	9	A	10	B
11	B	12	C	13	D	14	D	15	D
16	D	17	B	18	D	19	C	20	B
21	D	22	A	23	C	24	A	25	C
26	B	27	A	28	B	29	A	30	D
31	A	32	D	33	B	34	A	35	B
36	C	37	C	38	A	39	D	40	B
41	A	42	D	43	B	44	A	45	D
46	B	47	D	48	A	49	D	50	A
51	B	52	A	53	D	54	A	55	D
56	B	57	C	58	A	59	D	60	C

二、多项选择题

61	ABE	62	BCDE	63	BE	64	ABC	65	ABCD
66	ACDE	67	ABCE	68	ACE	69	BCDE	70	ABDE
71	ABC	72	BCE	73	ACE	74	CDE	75	ABD
76	BCDE	77	ABC	78	ACDE	79	ADE	80	ABCD
81	ABCE	82	ABC	83	BCDE	84	CD	85	AB
86	ACE	87	ABE	88	ABD	89	ADE	90	ACDE
91	BC	92	ABDE	93	ABCD	94	BCDE	95	AB

工程项目组织与管理（六）

一、单项选择题（共60题，每题1分。每题的备选项中，只有1个最符合题意）

1.（　　）主要用于大型项目或大型复杂项目，特别是业主管理能力不强的情况。
   A. 项目管理承包模式　　　　　　　　　B. 建筑工程管理模式
   C. 项目管理服务模式　　　　　　　　　D. "代建制"模式

2. 实施准备阶段的主要任务不包括（　　）。
   A. 按有关规定为设计人员在施工现场工作提供必要的生活与物质保障
   B. 选派合格的现场代表，选定适宜的工程监理机构
   C. 组织落实项目建设用地，办理土地征用、拆迁补偿及施工场地的平整等工作
   D. 向承包方提供施工场地的工程地质和地下管线等资料，保证数据真实

3. 为维护国家经济安全和合理利用国家资源，对关键领域的投资或相关重大投资，在（　　）等方面采取一定的引导或限制措施。
   A. 投资规模　　　　B. 项目布点　　　　C. 建设时间　　　　D. 人员准入

4. 每个工程项目都有其确定的终点，所有工程项目的实施都将达到其终点，它不是一种持续不断的工作。从这个意义来讲，工程项目具有（　　）。
   A. 唯一性　　　　　B. 一次性　　　　　C. 整体性　　　　　D. 固定性

5. 工程项目的各类管理体系文件要在（　　）的领导下发动项目管理全体人员共同参与制订，全员参与有利于管理制度的完善和管理制度的贯彻实施。
   A. 项目组长　　　　B. 项目经理　　　　C. 业主　　　　　　D. 承包商

6.（　　）阶段的主要任务是将"蓝图"变成工程项目实体，实现投资决策意图。在这一阶段，通过施工，在规定的范围、工期、费用、质量内，按设计要求高效率地实现工程项目目标。
   A. 工程项目评价　　B. 工程项目策划　　C. 工程项目准备　　D. 工程项目实施

7. 对项目实施过程进行控制的工作内容之一是收集有关已经完成的工作信息，并将这些信息编入项目（　　）报告中。
   A. 规划　　　　　　B. 控制　　　　　　C. 实施　　　　　　D. 进度

8. 项目管理组织可以采用不同的形式，对于同一工程项目来说，在某一特定的项目环境采取不同的管理组织结构形式，项目团队的（　　）会有不同的结果。
   A. 组织层次　　　　B. 信息交流　　　　C. 工作目标　　　　D. 工作效率

9. 积极、有效的管理组织结构形式将更有利于提高和调动项目团队成员的积极性，减少不必要的（　　），从而提高项目团队的工作效率。
   A. 组织层次　　　　B. 技术支持　　　　C. 决策层次　　　　D. 管理幅度

10. 可行性研究阶段的组织结构形式（　　）设计阶段的组织结构形式，设计阶段的组织结构形式（　　）施工阶段的组织结构形式。
    A. 适合，不适合　　B. 不适合，不适合　C. 适合，适合　　　D. 不适合，适合

11. 在工程项目中大部分专家的联系与获取是通过专家之间的相互推荐或与项目有关联的人士的推荐，这就是（　　）专家网络系统。

A. 紧密的   B. 半松散的   C. 关联的   D. 松散的

12. （　　）提供了职务设计的一种理论框架，它确定的5种主要的职务特征，分析了它们之间的关系以及对员工生产率、工作动力和满足感的影响。

    A. 洛克希德定量分析法   B. 职务特征模型

    C. 技能多样性   D. 任务同一性

13. 由于政府的特殊地位与身份，使政府对工程项目管理具有较大的（　　）。人们会以政府对项目的要求为标准，以政府的指令和号召为方向来考虑项目的内容与规模等相关问题。

    A. 权威性   B. 严肃性   C. 强制性   D. 政治性

14. 工程项目综合管理中，通过（　　），顺利地解决执行中出现的新情况、新问题及新矛盾。

    A. 组织   B. 指挥   C. 沟通、协调   D. 计划、实施

15. 工程项目计划（　　）就是指建立一套适当的程序，对处于动态环境的工程项目计划变更进行有序的控制。

    A. 计划控制   B. 变更控制   C. 范围控制   D. 绩效控制

16. 每个项目都有自己的进度计划，在某一时刻每个团队成员应完成哪些任务、团队项目进展应达到哪一阶段，项目经理要经常进行（　　），以便掌握动态，发现问题及时调整。

    A. 问题征询   B. 平时抽查   C. 进度跟踪   D. 成员互评

17. （　　）要注重实际成效，切忌只讲形式、不求效果，否则不但增加项目费用支出，还可能对项目团队文化与团队精神的形成产生不利的影响，进而影响项目工作效率和项目的工作质量。

    A. 项目工作中的培训   B. 项目开展初期的培训

    C. 人员配合训练   D. 团队整顿

18. （　　）规定了提供服务方在履行合同义务期间必须遵守的国家和行业标准、工作范围以及项目业主的其他技术要求。

    A. 合同文件   B. 技术规范   C. 执行标准   D. 合同协议书

19. 下列关于部门职能与部门划分的表述中，不正确的是（　　）。

    A. 部门过多将造成资源浪费和工作效率低下

    B. 部门少有利于激发工作积极性，提高工作效率

    C. 部门职能设定不合理，将会增加部门的数量，容易造成管理上的混乱

    D. 部门负责的工作与事务太少，部门将人浮于事，影响工作效率和风气

20. （　　）是指为保证工程项目的良好开展而进行项目有关人员的职位设置构架。

    A. 项目职责分工   B. 项目权能划分   C. 项目组织计划   D. 项目实施计划

21. 实行邀请招标的工程项目，招标人可以向（　　）个以上符合资质条件的投标申请人发出投标邀请书。

    A. 1   B. 2   C. 3   D. 4

22. 联合体投标各方必须指定牵头人，授权其代表所有联合体成员负责投标和合同实施阶段的主办、协调工作，并应当向招标人提交由所有（　　）签署的授权书。

    A. 联合体成员   B. 中标人

    C. 联合体成员法定代表人   D. 投标申请人

23. （　　）考核的主要目的是为了促使成员尽量降低费用支出，保证项目尽可能在规定的预算计划内完成项目工作，以保证项目预期经济效益的实现。

    A. 工作效率   B. 工作纪律   C. 工作成本   D. 工作估量

24. 在招标投标管理的基本原则中，要求给予所有投标人平等的机会，使其享有同等的权利，并履行同等义务，不歧视任何一方，这体现了（　　）。
    A. 公开原则　　　　　B. 公平原则　　　　　C. 公正原则　　　　　D. 诚实可信原则

25. 招标人应当在招标公告或者投标邀请书中载明资格预审的条件和获取资格预审文件的时间、地点。自资格预审文件出售之日起至停止出售之日止，最短不得少于（　　）个工作日。
    A. 3　　　　　　　　B. 4　　　　　　　　C. 5　　　　　　　　D. 6

26. （　　）是规范工程建设市场竞争的主要法律，也是规范合同管理行为的法律，能够有效地实现公开、公平、公正的竞争。
    A.《中华人民共和国合同法》　　　　　　　B.《中华人民共和国民法通则》
    C.《中华人民共和国招标投标法》　　　　　D.《中华人民共和国建筑法》

27. （　　）是由业主（或工程师）指定、选定，完成某项特定工作内容并与承包商签订分包合同的特殊分包商。
    A. 承包商　　　　　B. 指定分包商　　　　　C. 供应商　　　　　D. 发包商

28. 下列表述有误的一项是（　　）。
    A. 投标文件在实质上响应招标文件要求，但在个别地方存在漏项或者提供了不完整的技术信息和数据等情况，并且补正这些遗漏或者不完整不会对其他投标人造成不公平结果的为细微偏差
    B. 细微偏差影响投标文件的有效性，评标委员会应当书面要求存在细微偏差的投标人在评标结束前予以撤回
    C. 拒不补正的，在详细评审时可以对细微偏差作不利于该投标人的量化，量化标准应当在招标文件中规定
    D. 评标委员会可以以书面方式要求投标人对投标文件中含义不明确、对同类问题表述不一致或者有明显文字和计算错误的内容作必要的澄清、说明或补正

29. （　　）属于咨询工程师在合同管理中的作用。
    A. 设计合同体系方案　　　　　　　　　　B. 与承包商进行合同谈判
    C. 与业主签订合同　　　　　　　　　　　D. 协助业主监督合同的履行

30. （　　）的条款中未明确规定业主必须向承包商提供支付保函，具体工程的合同内是否包括此条款取决于业主主动选用或融资机构的强制性规定。
    A. 专用条件　　　　　B. 通用条件　　　　　C. 合同协议书　　　　　D. 协议书附件

31. 每个月的月末，承包商应按工程师规定的格式提交一式（　　）份本月支付报表，提出本月已完成合格工程的应付款要求和对应扣款的确认。
    A. 3　　　　　　　　B. 5　　　　　　　　C. 6　　　　　　　　D. 8

32. 发包人收到竣工结算报告及结算资料后（　　）天内无正当理由不支付工程竣工结算价款的，从后一天起按承包人同期向银行贷款利率支付拖欠工程价款的利息，并承担违约责任。
    A. 14　　　　　　　B. 28　　　　　　　C. 27　　　　　　　D. 30

33. 变更超过原设计标准或者批准的建设规模时，需经原规划管理部门和其他有关部门审查批准，并由（　　）提供变更后相应的图纸和说明。
    A. 监理单位　　　　　B. 咨询单位　　　　　C. 设计人　　　　　D. 原设计单位

34. 在工程承包合同的履行过程中，不属于承包人义务的是（　　）。

A. 向工程师提供年、季、月工程进度计划及相应进度统计报表

B. 按工程需要提供和维修非夜间施工使用的照明、围栏设施，并负责安全防卫

C. 确定水准点与坐标控制点

D. 向发包人提供在施工现场办公和生活的房屋及设施

35. 监理工程师及其委托的人员对工程的检查、检验，不应影响施工正常进行，如果影响施工正常进行，检查检验不合格时，影响正常施工费用由（　　）承担。

A. 承包人　　　　　　　　　　　　B. 发包人

C. 监理工程师　　　　　　　　　　D. 监理工程师及其委派人员

36. 在拖延支付工程款的索赔中，FIDIC 合同条件规定利息以高出支付货币所在国中央银行的贴现率加（　　）个百分点的年利率进行计算。

A. 1　　　　　　　B. 2　　　　　　　C. 3　　　　　　　D. 5

37. 两项工作只有一段时间是平行进行的为（　　）。

A. 平行关系　　　B. 顺序关系　　　C. 间隔顺序关系　　　D. 搭接关系

38. 工程预付款的预付时间应不迟于约定开工日期的前（　　）天。

A. 2　　　　　　　B. 5　　　　　　　C. 7　　　　　　　D. 14

39. 货物采购合同订立的依据是（　　）。

A. 施工合同　　　B. 市场供求情况　　　C. 业主的意愿　　　D. 承包商的意愿

40. 单代号网络图中的节点一般用（　　）来绘制，它表示一项工作。

A. 椭圆　　　　　　B. 菱形　　　　　　C. 圆圈　　　　　　D. 圆圈或方框

41. （　　）是指限制项目团队进行时间选择的因素。

A. 风险因素　　　B. 约束条件　　　C. 资源配备　　　D. 已识别的风险

42. （　　）说明了进度中何种程度的变化需要进行管理，它是整体项目计划的一个附属部分。

A. 辅助进度计划　　　　　　　　　　B. 工程项目进度计划

C. 进度管理计划　　　　　　　　　　D. 工程项目进度的详细依据

43. 已知双代号网络计划中，某项工作的 $ES=4$ 天，$EF=6$ 天，$LS=7$ 天，$LF=9$ 天，则该工作的 TF 为（　　）天。

A. 6　　　　　　　B. 4　　　　　　　C. 3　　　　　　　D. 2

44. 已知某工程的混凝土直接费为 420 元/m^3，间接费率为 12%，利润率为 4%，税率为 3.41%。以直接费为计算基础，则混凝土的全费用综合单价为（　　）元/m^3。

A. 486.44　　　　B. 503.54　　　　C. 503.81　　　　D. 505.90

45. 根据《建筑安装工程费用项目组成》文件的规定，工程定额测定费属于（　　）。

A. 措施费　　　　B. 规费　　　　C. 企业管理费　　　D. 直接费

46. 当工程项目实施中产生的进度偏差影响到总工期，且有关工作的逻辑关系允许改变时，可以改变关键线路和超过计划工期的非关键线路上的有关工作之间的（　　）。

A. 搭接关系　　　B. 风险因素　　　C. 逻辑关系　　　D. 进度偏差

47. （　　）是工程项目费用管理的第一步，它是为了确定完成工程项目需要使用哪些资源（包括人、设备、材料等）以及需要的数量、何时及如何使用它们的过程。

A. 编制资源消耗计划　　　　　　　　B. 工程项目费用估算

C. 施工图预算　　　　　　　　　　　D. 设计概算

48. 工程项目实施阶段，节约工程资源的主要途径是（　　）。

A. 做好对工、料、机的计划与控制　　　B. 做好施工设备和临时设施以及后勤供应

    C. 做好前期资源准备计划　　　　　　　　D. 缩短工期

49. 在工程项目费用估算中，下列关于设计概算的表述错误的是(　　)。

    A. 设计概算是在初步设计阶段或扩大初步设计阶段，由设计单位按照设计要求概略计算拟建工程所需费用的文件，是设计文件的重要组成部分

    B. 设计概算是在初步设计阶段或扩大初步设计阶段，由咨询工程师按照设计要求概略计算拟建工程所需费用的文件，是设计文件的重要组成部分

    C. 设计概算由单位工程概算、单项工程综合概算和工程项目总概算三级组成

    D. 设计概算的编制，是从单位工程概算这一级开始，经过逐级汇总而成的

50. 采用单价法和实物法编制施工图预算的主要区别是(　　)。

    A. 计算工程量的方法不同　　　　　　　　B. 计算直接费的方法不同

    C. 计算利税的方法不同　　　　　　　　　D. 计算其他直接费、间接费的方法不同

51. 工程项目的质量管理中，(　　)的质量是整个工程项目的关键，处于十分重要的地位。

    A. 施工阶段　　　　　B. 前期工作　　　　　C. 设计阶段　　　　　D. 竣工阶段

52. 下列不属于工程项目设计阶段质量管理基本要求的是(　　)。

    A. 工程设计必须符合有关工程建设及质量管理方面的法律、法规

    B. 工程设计必须符合有关工程建设的技术标准和规范

    C. 工程设计必须符合经过批准的工程项目建议书、工程项目可行性研究报告、工程项目评估报告及选址报告的内容要求

    D. 工程设计必须符合承包商的建设能力要求

53. 详细工程设计（施工图设计）过程的最后一道工序是(　　)，这是保证设计成品质量的重要质量活动。

    A. 设计评审　　　　　B. 会签　　　　　　　C. 设计验证　　　　　D. 校审

54. 施工单位的质量管理工作中，(　　)是指对项目的性能、安全、寿命、可靠性带有影响的关键部位或关键工序。

    A. 项目质量计划　　　　　　　　　　　　B. 质量控制点

    C. 质量管理体系文件　　　　　　　　　　D. 制定质量检验标准

55. 工程项目风险管理工作中，风险量是衡量(　　)的变量之一。

    A. 风险大小　　　　　　　　　　　　　　B. 风险事件可能发生的频率

    C. 风险事件发生对项目目标的影响程度　　D. 风险发生的可能性

56. (　　)的目的，是为了对不同类型的风险采取不同的对策和措施。

    A. 风险识别　　　　　B. 风险分析　　　　　C. 风险评价　　　　　D. 风险分类排队

57. 工程项目风险识别的方法中，SWOT 分析是从(　　)方面来分析的风险识别方法。

    A. 经济、政治、技术、公共关系

    B. 决策阶段的风险、设计阶段的风险、施工阶段的风险、竣工阶段的风险

    C. 成本、进度、质量、安全

    D. 优势、弱点、机会、威胁

58. (　　)是指以分部分项工程单价为直接工程费单价，用分部分项工程量乘以对应分部分项工程单价后的合计为单位工程直接工程费。

    A. 预算单价法　　　　B. 实物法　　　　　　C. 工料单价法　　　　D. 综合单价法

59. 在(　　)中规定 HSE 工作的时间和责任，相关 HSE 计划每月公布一次，并根据需要及时更新。

A. 项目状态初审报告 　　　　　　　　B. 项目 HSE 进度报告

C. HSE 实施计划 　　　　　　　　　　D. 项目 HSE 月报

60. （　　）不得迫使承包方以低于成本的价格竞标，不得任意压缩合理工期；不得明示或者暗示设计单位或者施工单位违反工程建设强制性标准，降低建设工程质量。

A. 咨询工程师　　　B. 工程监理单位　　　C. 项目业主单位　　　D. 材料供应单位

二、多项选择题（共 35 题，每题 2 分。每题的备选项中，有 2 个或 2 个以上符合题意，至少有 1 个错项。错选，本题不得分；少选，所选的每个选项得 0.5 分）

61. 项目管理企业按照合同约定，在工程项目的准备和实施阶段，为业主提供的服务包括（　　）。

A. 设计管理 　　　　　　　　　　　　B. 采购管理

C. 施工管理 　　　　　　　　　　　　D. 试运行（竣工验收）

E. 投标代理

62. 银行对贷款项目管理的目的主要是保障资金的（　　）。

A. 安全性 　　　　　　　　　　　　　B. 时间性

C. 流动性 　　　　　　　　　　　　　D. 完整性

E. 效益性

63. 当借款人不能按期向银行偿还贷款时，银行要根据不同情况采取相应的贷款清收与保全措施，包括办理展期等方式重新确定还款期，采取（　　）等措施来保证银行贷款的收回。

A. 股权分化 　　　　　　　　　　　　B. 企业兼并

C. 债权转股权 　　　　　　　　　　　D. 资产证券化

E. 股份制改造

64. 为保证工程项目决策的（　　），可行性研究和项目评估工作应委托高水平的咨询公司独立进行，可行性研究和项目评估应由不同的咨询公司来完成。

A. 科学性 　　　　　　　　　　　　　B. 可行性

C. 效益性 　　　　　　　　　　　　　D. 公正性

E. 客观性

65. 范围变更控制必须完全与（　　）等相结合才能收到更好的控制效果。

A. 时间控制 　　　　　　　　　　　　B. 成果控制

C. 费用控制 　　　　　　　　　　　　D. 质量控制

E. 技术控制

66. ICB 要求国际项目管理人员必须具备的专业资质主要有（　　）等。

A. 人力资源管理 　　　　　　　　　　B. 基本项目管理

C. 方法和技术 　　　　　　　　　　　D. 组织能力

E. 社会能力

67. 在国家发展和改革委员会关于实行核准制的《项目申请报告通用文本》中明确规定，《项目申请报告》应有"资源开发及综合利用分析"、"节能方案分析"、"建设用地、征地拆迁及移民安置分析"，其主要内容包括（　　）。

A. 资源开发方案 　　　　　　　　　　B. 资金节约方案

C. 资源利用方案 　　　　　　　　　　D. 用能标准和节能规范

E. 能耗状况和能耗指标文件

68. 工程承包商的主要任务有（　　）。

A. 制订施工组织设计和质量保证计划，经监理工程师审定后组织实施

B. 按施工计划组织施工，认真组织好人力、机械、材料等资源的投入，并向监理工程师提供年、季、月工程进度计划及相应进度统计报表

C. 按施工合同要求在工程进度、成本、质量方面进行过程控制，发现不合格项及时纠正

D. 遵守有关部门对施工场地交通、施工噪声以及环境保护和安全生产等方面的管理规定，办理相关手续

E. 保证业主在使用其所提供的设备时，不侵犯第三方的专利权、商标权和工业设计权

69. 下列属于传统组织设计原则的是( )。

A. 目标原则
B. 专业化原则
C. 控制幅度原则
D. 目标导向原则
E. "封闭"设计原则

70. 下列不属于项目工作计划的是( )。

A. 开展项目实施中的指导
B. 召开项目启动会议
C. 项目工作进度计划
D. 项目费用的来源
E. 项目团队组成与分工

71. 贷后检查的主要工作有( )。

A. 进行贷款基本调查

B. 进行信用评价分析

C. 以检查借款人是否按规定使用贷款和按规定偿还本息为主要内容的贷款检查

D. 以检查借款人全面情况为内容，以保证贷款顺利偿还为目的的借款人检查

E. 以把握担保的有效性及应用价值为目的担保检查

72. 工程项目计划和工作成果是绩效报告输入的重要内容，绩效报告的主要内容包括( )。

A. 状态报告
B. 进展报告
C. 预测
D. 变更申请
E. 索赔管理

73. 工程项目在建设策划与决策阶段的内容有( )。

A. 投资机会研究
B. 项目施工图设计
C. 预可行性研究
D. 施工招标
E. 可行性研究

74. 招标公告或投标邀请书应当载明的内容不包括( )。

A. 对招标文件或资格预审文件收取的费用 B. 对投标人的资质等级或资格的要求
C. 商务和技术偏差表
D. 招标项目的实施地点和工期
E. 施工组织设计或施工方案

75. 下列不属于资格后审对投标申请人审查的内容的是( )。

A. 以往承担类似项目的业绩情况

B. 没有处于被责令停业，投标资格被取消，财产被接管、冻结，破产状态

C. 在最近 3 年内没有骗取中标和严重违约及重大工程质量问题

D. 投标报价

E. 施工组织设计或施工方案

76. 扩大管理幅度对组织的影响主要有( )。

A. 可以减少管理的层次

B. 缩减组织机构和管理人员，减少协调方面所付出的时间和费用

C. 缩短信息传递渠道与层次，提高工作效率

D. 但管理幅度过大可能使主管人员对下属的指导和监督的时间相对减少，容易导致管理失控，出现各自为政的状况

E. 信息的传递容易发生丢失和失真

77. 人员获取的工作内容有（　　）。

A. 项目雇员的考核
B. 人员来源分析
C. 人员获取的实施
D. 人员获取的方法
E. 团队成员的确定

78. 选拔作为一种特殊的商谈形式所具有的优点有（　　）。

A. 成本低
B. 容易控制
C. 情况好掌握
D. 来源广泛
E. 不易受行政、人际关系等干扰

79. 大型设备的采购，除了交货阶段的工作外，往往还包括（　　）等方面的条款约定。

A. 设备生产阶段
B. 设备安装调试阶段
C. 设备试运行阶段
D. 设备性能达标检验和保修
E. 设备改良

80. 货物采购尤其是设备采购，购货人需要派遣咨询工程师在供货厂家进行现场监造与检验，下列属于检验内容的是（　　）。

A. 原料材料进货的检验
B. 设备制造加工监造检验
C. 组装和中间产品的监造检验
D. 整体货物性能的监造检验
E. 交货条款的检验

81. 有下列（　　）情形之一的，经批准可以进行邀请招标。

A. 项目技术复杂或有特殊要求，只有少量几家潜在的投标人可供选择的

B. 受自然地域环境限制的

C. 省、自治区、直辖市人民政府确定的地方重点建设项目

D. 涉及国家安全、国家秘密或者抢险救灾，适宜招标但不宜公开招标的

E. 拟公开招标的费用与项目的价值相比，不值得的

82. 示范文本的组成包括（　　）。

A.《协议书》
B.《通用条款》
C.《专用条款》
D.《补充条款》
E. 协议书附件

83. 关于紧前工作、紧后工作和平行工作，下列表述正确的是（　　）。

A. 在网络图中，相对于某工作而言，紧排在该工作之前的工作称为该工作的紧前工作

B. 在双代号网络图中，工作与其紧前工作之间可能有虚工作

C. 在网络图中，相对于某工作而言，紧排在该工作之后的工作称为该工作的紧后工作

D. 在双代号网络图中，工作与其紧后工作之间不可能有虚工作

E. 在网络图中，相对于某工作而言，可以与该工作同时进行的工作即为该工作的平行工作

84. 工作定义的方法包括（　　）。

A. 分解
B. 参照过去的模板

    C. 进度控制   D. 质量控制

    E. 类比估算

85. 下列不属于时间估算中可以利用的历史资料是（　　）。

    A. 已识别的风险   B. 项目档案

    C. 定额   D. 项目团队成员的知识

    E. 资源配备

86. 在工程项目工作顺序安排的方法中，双代号网络图由（　　）组成。

    A. 关键工作   B. 关键线路

    C. 工作   D. 节点

    E. 线路

87. 在工程项目进度管理中，工程项目进度计划编制的方法有（　　）。

    A. 计划审批技术   B. 图示审批技术

    C. 关键线路法   D. 加权平均计划技术

    E. 网络绘图法

88. 下列有关建筑安装工程费用中税金的说法，正确的有（　　）。

    A. 税金是指按国家税法规定应计入建筑安装工程造价的营业税、城市维护建设税及教育费附加

    B. 营业税的税额为营业额的3%

    C. 城市维护建设税的纳税人所在地为市区的，按营业税的7%征收；所在地为县镇的，按营业税的5%征收；所在地为农村的，按营业税的1%征收

    D. 教育费附加税额为营业税的3%

    E. 教育费附加税额按国家规定的固定额征收

89. 根据《建筑安装工程费用项目组成》文件的规定，劳动保险费包括（　　）。

    A. 养老保险费   B. 离退休职工的异地安家补助费

    C. 职工退职金   D. 医疗保险费

    E. 女职工哺乳时间的工资

90. 实物法编制施工图预算的步骤具体为（　　）。

    A. 准备资料、熟悉施工图纸   B. 计算工程量

    C. 套用消耗定额，计算人、机、材消耗量   D. 编制工料分析表

    E. 套预算单价，计算直接工程费

91. 工业项目可行性研究报告质量标准中，市场调查分析情况综合评价包括（　　）。

    A. 是否符合规模经济论证情况

    B. 产品和原料供求历史、现状调查情况

    C. 产品结构和规模符合市场需求的论证情况

    D. 产品成本估算依据可靠性情况

    E. 制定营销战略情况

92. 风险识别的结果包括（　　）。

    A. 风险清单   B. 可能的应对措施

    C. 更新的风险分类   D. 风险因素

    E. 请求的变更

93. 下列不属于编制资源消耗计划的方法是（　　）。

A. 资源需求分析　　　　　　　　　B. 资源储备说明

C. 资源成本比较与模式组合　　　　D. 资源供给分析

E. WBS

94. HSE 管理体系在建立过程中，体系策划阶段的主要工作有（　　）。

A. 对初始状态进行评审　　　　　　B. 制定企业的 HSE 方针和目标

C. 制定相应的 HSE 管理方案　　　　D. 确定企业机构和职责

E. 筹划各种运行程序

95. 下列不属于项目经理或项目负责人的职责的是（　　）。

A. 在编制项目前期工作计划的同时，明确各项前期工作的质量目标要求，制订分层次的质量职责，制订质量计划并组织实施

B. 为项目派遣符合资格要求的专业负责人和各级设计人员，保证项目具有足够质量和数量的人力资源，以确保设计质量

C. 负责指导和监督参加项目组工作的专业人员在生产活动中执行公司的质量体系文件，并采取措施对各专业的设计过程实施有效的控制

D. 与采购、施工等有关部门协调和配合，以保证全面满足合同规定的质量要求

E. 负责确定设计中采用的专业技术方案，对设计专业技术方案的先进性、可靠性、合理性负责，确保专业技术方案的质量

参考答案

一、单项选择题

1	C	2	D	3	D	4	B	5	B
6	D	7	D	8	D	9	B	10	A
11	D	12	B	13	A	14	C	15	B
16	C	17	A	18	B	19	B	20	C
21	C	22	C	23	C	24	B	25	C
26	C	27	B	28	B	29	D	30	B
31	C	32	B	33	D	34	C	35	A
36	C	37	D	38	C	39	A	40	D
41	B	42	C	43	C	44	D	45	B
46	C	47	A	48	A	49	B	50	B
51	B	52	D	53	B	54	B	55	A
56	D	57	D	58	C	59	C	60	C

二、多项选择题

61	ABCD	62	ABCE	63	BCDE	64	AE	65	ACD
66	BCDE	67	ACDE	68	ABCD	69	ABC	70	AB
71	CDE	72	ABCD	73	ACE	74	CE	75	DE
76	ABCD	77	BCE	78	ABC	79	ABCD	80	ABCD
81	ABDE	82	ABC	83	ABCE	84	AB	85	AE
86	CDE	87	ABC	88	ABCD	89	BC	90	ABC
91	BCE	92	ABCD	93	BE	94	BCDE	95	BCDE

工程项目组织与管理（七）

一、单项选择题（共60题，每题1分。每题的备选项中，只有1个最符合题意）

1. 下列属于生产运营部门的要求和期望的是（　　）。
   A. 松弛的工作进度表，优良的工作环境，有足够信息资源、人力资源和物资资源
   B. 按质量要求，按时或提前形成综合生产能力，培训了合格的生产人员，建立了合理的操作规程和管理制度，能保证正常运营
   C. 与整个国家的目标、政策和立法相一致
   D. 贷款安全，按预定日期支付，项目能提供充分的报酬以清偿债务

2. （　　）是一项着眼于组织、管理与控制的结构化项目管理方法，也是一套科学完整的项目管理知识体系，该方法最初由英国CCTA于1989年建立。
   A. PMBDK　　　　　B. ICB　　　　　C. PRINCE　　　　　D. PMI

3. 工程项目目标确定应满足的条件不包括（　　）。
   A. 目标应是具体的，具有可评估性和可量化性，不应含混模糊
   B. 目标应与上级组织目标一致
   C. 必须以可交付成果的形式对目标进行说明，如评估报告、设计图纸等
   D. 目标是可理解的，即必须让其他人知道你正努力去达到什么

4. （　　）是一种层次化的树状结构，是将工程项目划分为可以管理的工程项目单元，通过控制这些单元的费用、进度和质量目标，达到控制整个工程项目的目的。
   A. 工作组织体系　　B. 目标系统　　　C. 工作组织结构　　D. 工作分解结构

5. 系统控制方法是指管理人员根据工程项目的客观情况，协调（　　）3个基本目标间的关系，制订实现工程项目目标的具体计划，并对计划的实施过程进行动态控制，最终实现工程项目预期目标的管理过程。
   A. 时间、限额、人员　　　　　　　　B. 计划、执行、检查
   C. 特性、功能、质量　　　　　　　　D. 时间、费用、质量

6. （　　）就是从资源投入到成果实现的过程，主要就是协调人力和其他资源以执行工程项目计划。
   A. 计划过程　　　　B. 实施过程　　　C. 检查过程　　　D. 处理过程

7. （　　）又称阶段发包方式或快速轨道方式，这种模式采用的是阶段性发包方式，与设计图纸全部完成之后才进行招标的传统的连续建设模式不同。
   A. 项目管理承包模式　　　　　　　　B. 建筑工程管理模式
   C. 项目管理服务模式　　　　　　　　D. "代建制"模式

8. 下列属于项目实施阶段主要任务的是（　　）。
   A. 确定水准点和坐标控制点，以书面形式交给承包方，并进行现场交验
   B. 组织或者委托监理工程师对施工组织设计进行审查
   C. 协调处理施工现场周围地下管线和邻近建筑物、构筑物及有关文物、古树等的保护工作，并承担相应费用
   D. 督促设备制造商按合同要求及时提供质量合格的设备，并组织运到现场

9. 对《政府核准的投资项目目录》内的企业不使用政府投资建设的项目，政府主要从（　　）等方面进行核准。

    A. 维护经济安全　　　　B. 减少资源利用　　　C. 优化重大布局　　　D. 保障公共利益

10. 工程项目计划确定进度度量和工程项目控制的（　　）。

    A. 检查内容　　　　　　B. 检查范围　　　　　C. 时间基准线　　　　D. 关键控制点

11. 范围确认方法中的（　　）是指采用各种科学试验方法对完成的可交付成果进行试验检测。

    A. 测试　　　　　　　　B. 检测　　　　　　　C. 检验　　　　　　　D. 试验

12. 积极、有效的管理组织结构形式更有利于提高和调动项目团队成员的积极性，减少不必要的（　　），从而提高项目团队的工作效率。

    A. 组织层次　　　　　　B. 技术支持　　　　　C. 决策层次　　　　　D. 管理幅度

13. 如果管理者的工作能力与领导能力都较弱，其管理幅度就应（　　）些；如果下属的工作能力较强，知识与工作经验都比较丰富，管理技能与专业技能也较高，其上级主管的管理幅度就可以（　　）一些。

    A. 大，小　　　　　　　B. 小，大　　　　　　C. 大，大　　　　　　D. 小，小

14. 在（　　）组织结构形式下，人力资源管理的主要工作可能以人员的分工与协调为主；（　　）组织结构形式下的人力资源管理则还要包括人员的获取等工作。

    A. 项目式，职能式　　B. 项目式，矩阵式　　C. 职能式，项目式　　D. 矩阵式，职能式

15. 在项目进行过程中，（　　）要根据项目进度及具体情况，及时与项目客户或委托方进行沟通，调整项目的方向、工作重点和工作进度等，确保项目的实施成果满足客户或委托方的需要，保证项目目标的实现。

    A. 监理工程师　　　　　B. 项目经理　　　　　C. 公司总经理　　　　D. 总监理工程师

16. （　　）是指以提高项目团队的能力而设计和组织的，让团队成员通过参与使能力得以提高的团队活动。

    A. 团队整顿　　　　　　　　　　　　　　　　B. 培训

    C. 人员配合训练　　　　　　　　　　　　　　D. 开展团队建设性活动

17. 通过对投标人进行（　　），不仅可以减少招标人印制招标文件的数量，而且可以减轻评标的工作量，缩短招标工作周期。

    A. 资格预审　　　　　　B. 资格后审　　　　　C. 现场踏勘　　　　　D. 邀请招标

18. （　　）应当在招标文件确定的提交投标文件截止时间的同一时间公开进行。

    A. 投标　　　　　　　　B. 评标　　　　　　　C. 开标　　　　　　　D. 定标

19. （　　）是在投资建设的决策阶段，进行可行性研究与项目评价等咨询活动所签订的合同。

    A. 工程项目前期咨询合同　　　　　　　　　　B. 工程监理合同

    C. 勘察设计合同　　　　　　　　　　　　　　D. 工程施工合同

20. FIDIC 编制的施工合同条件的基本出发点之一，是合同履行过程中建立以（　　）为核心的项目管理模式。

    A. 承包商　　　　　　　B. 工程师　　　　　　C. 供应商　　　　　　D. 业主

21. 工程师应在收到竣工报表后（　　）天内签署竣工结算支付证书。

    A. 14　　　　　　　　　B. 15　　　　　　　　C. 28　　　　　　　　D. 30

22. 发包人应当在质量保证期满后（　　）天内，将剩余保修金和按约定利率计算的利息返还承包人。

    A. 12　　　　　　　　　B. 13　　　　　　　　C. 14　　　　　　　　D. 15

23. （　　）的计算，如系租赁设备，一般按实际租金和调进调出费的分摊计算；如系承包商自有设备，一般按台班折旧费计算，而不能按台班费计算，因台班费中包括了设备使用费。

A. 材料费　　　　　　B. 施工机械使用费　　C. 利息　　　　　　　　D. 窝工费

24. （　　）就是利用箭线表示工作而在节点处将工作连接起来表示依赖关系的一种绘制项目网络图的方法，这种方法也称箭线工作法。

A. 单代号绘图法　　　　　　　　　　B. 双代号绘图法

C. 条件网络图法　　　　　　　　　　D. 双代号时标网络图法

25. （　　）也被称作自上而下的估算，是指以从前类似工作的实际持续时间为基本依据，估算将来的计划工作的持续时间。

A. 专家估算法　　　　B. 模拟法　　　　　　C. 利用历史数据　　　D. 类比估算法

26. （　　）是传统的进度计划表示方法，其左边按工作的先后顺序列出项目的工作名称，图右边是进度表，图上边的横栏表示时间，用水平线段在时间坐标下标出项目的进度线，水平线段的位置和长短反映该项目从开始到完工的时间。

A. 网络图　　　　　　B. 横道图　　　　　　C. 里程碑法　　　　　D. 进度曲线法

27. 按照我国的建设程序，在项目建议书及可行性研究阶段，对建设工程项目投资所做的测算称为（　　）。

A. 设计概算　　　　　B. 施工图预算　　　　C. 投资估算　　　　　D. 投标报价

28. 在（　　）中，后备资源说明的详细程度和明确程度越高，则资源计划的编制就会更加灵活和有效，且有更多可供选择的替代方案，避免因问题临时出现而措手不及。

A. 资源需求分析　　　B. 资源储备说明　　　C. 组织方针　　　　　D. 资源供给分析

29. （　　）就是用地区统一单位估价表中的各分项工料预算单价乘以相应的各分项工程的工程量，求和后得到包括人工费、材料费和机械使用费在内的单位工程直接工程费。

A. 预算单价法　　　　B. 实物法　　　　　　C. 工料单价法　　　　D. 综合单价法

30. （　　）在设计文件中选用的建筑材料、建筑构配件和设备，应当注明规格、型号、性能等技术指标，其质量要求必须符合国家规定的标准。

A. 施工单位　　　　　　　　　　　　B. 建设单位

C. 设计单位　　　　　　　　　　　　D. 材料、设备生产或供应单位

31. 在设计阶段，处理好投资、质量、进度三者间的关系，是（　　）的一项重要任务。

A. 咨询工程师　　　B. 工程监理单位　　　C. 项目业主单位　　　D. 材料供应单位

32. （　　）对收到的询价技术文件的完整性进行核查，与由其完成的商务文件，组成完整的询价文件向供货厂商发出询价。

A. 监理工程师　　　B. 咨询工程师　　　　C. 材料供应单位　　　D. 采购部门

33. （　　）一般由设计经理组织并主持，各有关专业设计人参加，其范围为涉及多专业的重要图纸，如厂区总平面图、管道平面设计图等。

A. 设计评审　　　　B. 设计策划　　　　　C. 工程勘察　　　　　D. 会签

34. （　　）规定了参考建设的各方在质量控制方面的权利和义务，有关各方必须履行合同中规定的有关质量的承诺。

A. 设计文件　　　　　　　　　　　　B. 有关建设法规

C. 工程施工承包合同　　　　　　　　D. 有关质量检验与控制的专门技术规范

35. 监理工程师不能按时参加验收时可向承包人提出延期要求，延期不能超过（　　）。

A. 半天   B.1 天   C. 2 天   D. 5 天

36. 在施工阶段，施工单位要设立专门主管质量的（   ），协助最高管理者加强质量管理；要建立质量管理的职能机构，领导、监督各级施工组织加强质量管理。

    A. 总经理   B. 副总经理

    C. 专家委员会   D. 质量监督管理委员会

37. 施工单位要根据工程的特点，结合施工组织设计的编制，制订（   ），将工程质量目标层层分解、层层下达、层层落实，落实到每个作业班组，落实到岗位和个人，使每个人都了解完成本职工作的质量要求和具体质量标准，明确自己的努力方向。

    A. 质量管理体系文件   B. 质量记录资料制度

    C. 项目质量计划   D. 质量手册

38. 质量控制点可划分为 A、B、C 三级，其中（   ）为重要的质量控制点，其质量必须由施工分包方、总承包方双方质检人员检查确认。

    A. A 级   B. B 级   C. C 级   D. A 级和 B 级

39. （   ）实行施工质量认可签字制度，只有上一道工序得到质量认可签字之后，才能进行下一道工序的施工。

    A. 质量管理体系文件   B. 质量手册

    C. 关键质量控制点   D. 质量记录资料制度

40. （   ）是实施质量控制活动的记录，它详细地记录了工程质量控制活动的全过程，它不仅对工程质量控制有重要作用，而且对竣工、投产运行、完工后的维修管理也很有用。

    A. 质量手册   B. 质量管理体系文件

    C. 质量管理检查记录资料   D. 质量资料

41. 对于各工序的产出品和重要的部位，先由施工单位按规定自检，自检合格后，向咨询（监理）工程师提交（   ），经咨询（监理）工程师检验确认合格后，才能进入下一道工序施工。

    A. 质量管理体系文件   B. 质量验收通知单

    C. 作业手册   D. 质量手册

42. 交工后的质量责任期内出现质量问题时，（   ）应要求施工单位进行修补或返工，直到业主满意为止。

    A. 监理工程师   B. 咨询工程师   C. 设计单位   D. 设计经理

43. （   ）必须在机械竣工完成并达到规定要求后进行，也称为竣工试验。

    A. 无负荷试车   B. 投料试运行   C. 联合投料试车   D. 试运行

44. （   ）内容应包括试运行项目、日期、参加人员、简要过程、试运行结论和存在的问题。

    A. 试运行计划   B. 试运行操作手册   C. 试运行质量记录   D. 试运行总结报告

45. （   ）的主动控制体现在通过主动辨识干扰因素（风险）并予以分析，事先采取风险防范措施，主动控制风险产生的条件，尽可能做到防患于未然，以避免和减少项目损失。

    A. 风险控制   B. 风险监测   C. 风险预测   D. 风险管理

46. （   ）反映某项风险发生后对每个项目目标的影响程度，其对于可能受影响的目标、项目规模和类型、组织策略和财务状况以及组织对特定影响的敏感性都是特定的。

    A. 风险概率和影响   B. 影响等级   C. 风险概率级别   D. 非线性等级

47. （   ）就是根据项目风险的相互关系将其分解成若干个子系统，而且分解的程度足以使人们较为容易地识别出项目的风险，使风险识别具有较好的准确性、完整性和系统性。

A. 风险识别　　　　B. 风险分解结构　　　C. 风险分析评价　　　D. 项目风险的分解

48. （　　）是一种达成专家一致意见的方法。项目风险管理专家以匿名方式参与此项活动。主持人用问卷征求对重要项目风险的意见，答卷在总结之后退给专家，请他们进一步发表意见，在经过几轮这种过程之后，就可能达到一致意见。

A. 头脑风暴法　　　B. 德尔菲技术　　　C. 访谈　　　　　　D. 根本原因识别

49. （　　）是一种把假设用于项目时检验假设有效性的工具，它从假设的错误、矛盾或不完整中识别项目风险。

A. 核对表分析　　　B. 定性风险技术　　C. 可能性分析　　　D. 假设分析

50. （　　）是一种图解表示问题的方法，反映了变量和结界之间因果关系的相互作用、事件的时间顺序及其他关系。

A. 影响图　　　　　B. 鱼刺图　　　　　C. 石川图　　　　　D. 流程图

51. （　　）一般是一种为风险应对计划所建立优先级的快捷、有效的方法，它也为定量风险分析（如果需要该过程）奠定了基础。

A. 核对表分析　　　B. 假设分析　　　　C. 定性风险分析　　D. 风险坐标

52. （　　）研究风险对项目工期、费用、范围或质量目标的可能影响，既包括威胁的消极影响，也包括机会的积极影响。

A. 风险概率评价　　　　　　　　　　B. 风险影响评价
C. 风险数据质量分析　　　　　　　　D. 风险紧迫性评价

53. （　　）是一种评价有关风险的数据对风险管理有用程度的一种技术，它包括检查人们对风险的了解程度，以及风险数据的精确性、可靠性和完整性。

A. 风险概率评价　　　　　　　　　　B. 风险影响评价
C. 风险数据质量分析　　　　　　　　D. 风险紧迫性评价

54. 重复进行（　　）反映出来的趋势可以指出需要增加还是减少风险管理措施，它是风险应对计划的一项依据，并作为风险监测和控制的组成部分。

A. 定性风险分析　　B. 定量风险分析　　C. 风险访谈调查　　D. 风险数据质量评价

55. （　　）规定的管理方法和制度包括执行风险管理的岗位职责、预算和计划时间的风险管理活动，风险分类，风险分解结构和修订的有关方面的风险承受度。

A. 项目范围说明书　　　　　　　　　B. 风险清单
C. 有关项目管理计划　　　　　　　　D. 风险管理体系文件

56. （　　）为项目费用的计划、组织、估算、预算和控制规定了格式和标准。

A. 项目进度管理计划　　　　　　　　B. 风险清单
C. 项目费用管理计划　　　　　　　　D. 项目范围说明书

57. （　　）主要是依据初始状态评审的结论，制订企业的 HSE 方针和目标、指标及相应的 HSE 管理方案，确定企业机构和职责，筹划各种运行程序等。

A. 体系试运行　　　　　　　　　　　B. HSE 管理体系文件编制
C. 体系策划　　　　　　　　　　　　D. HSE 现场管理

58. HSE 管理团队的核心任务是（　　）。

A. 初始状态评审　　　　　　　　　　B. 成立现场 HSE 委员会
C. 建立 HSE 责任人制度　　　　　　　D. 实施 HSE 管理体系

59. （　　）是针对新进场的职工进行的培训，主要培训内容有现场 HSE 规定、现场安全手册和安全常识、紧急情况反应程序、医疗救护程序、现场安全制度以及现场过去发生安全违章行为事例。

    A. 专项培训   B. 现场培训   C. 日常培训   D. 入场培训

60. ( )在招标、投标、合同管理及项目实施中均注重 HSE 要素的细节化体现，它对工程项目全过程贯彻"以人为本，构建和谐"的原则有不可替代的作用和重大的现实意义。

    A. HSE 现场检查制度   B. HSE 现场会议制度

    C. FIDIC   D. EPC

二、多项选择题（共 35 题，每题 2 分。每题的备选项中，有 2 个或 2 个以上符合题意，至少有 1 个错项。错选，本题不得分；少选，所选的每个选项得 0.5 分）

61. 项目管理企业按照合同约定，在工程项目的准备和实施阶段，代表业主对工程项目进行（ ）等管理和控制。

    A. 项目策划   B. 合同

    C. 信息   D. 费用

    E. 安全

62. 银行对贷款项目的管理实际上是银行信贷管理的一部分。对于工程项目来说，银行贷款项目主要是涉及资金的投入与回收，主要的特点有（ ）。

    A. 管理的主动权随着资金的投入而降低   B. 管理手段带有更强的金融专业性

    C. 以资金运动为主线进行管理   D. 管理直接作用于工程项目实体

    E. 管理过程中资金投入相对巨大

63. 保证工程项目各项工作的整体协调、有序运行是工程项目综合管理的基本原则之一，其要求（ ）。

    A. 各项工作分工明确、界面清晰、层次分明、责任到人、便于管理

    B. 一切工作纳入计划，尽可能把矛盾和冲突消灭在行动之前

    C. 各项工作都要按计划运行，按计划完成

    D. 通过沟通、协调，统一参与各方的认识和要求，从而统一行动纲领

    E. 通过沟通、协调，明确各项工作的顺序和衔接，加强协作和配合

64. 工程项目准备阶段的主要工作包括（ ）。

    A. 实现投资决策意图   B. 工程项目征地及建设条件的准备

    C. 设备、工程招标及承包商的选定   D. 签订承包合同

    E. 项目的总结评价

65. 下列不属于项目直接管理子系统的是（ ）。

    A. 项目范围管理   B. 项目沟通管理

    C. 项目财务管理   D. 项目信息管理

    E. 项目合同管理

66. 目标系统管理的内容有（ ）。

    A. 确定工程项目总目标

    B. 采用工作分解结构（Work Breakdown Structure，WBS）方法将总目标层层分解成若干个子目标和可执行目标，将它们落实到工程项目建设周期的各个阶段和各个责任人

    C. 建立由下向上，由局部到整体的目标控制系统

    D. 要做好整个系统中各类目标（如质量目标、进度目标和费用目标）的协调平衡和各分项目标的衔接和协调工作

    E. 使整个系统步调一致、有序进行，从而保证总目标的实现

67. 项目选址及用地方案的主要内容有(   )。
    A. 节能措施和节能效果分析   B. 项目建设地点
    C. 占地面积   D. 土地利用状况
    E. 占用耕地情况

68. 设备承包商的主要任务有(   )。
    A. 按照合同约定，以规定的价格，在规定的时间、质量和数量条件下提供设备，并做好现场服务，及时解决有关设备的技术、质量、缺损件等问题
    B. 按照合同约定，完成设备的有关运输、保险、包装、设备调试、安装、技术援助、培训等相关工作
    C. 保证提交的设备和技术规范与委托文件的要求一致
    D. 按专用条款约定，做好施工现场地下管线和邻近建筑物、构筑物及有关文物、古树等的保护工作
    E. 保证施工现场清洁，使之符合环境卫生管理的有关规定

69. "封闭"设计原则中的"封闭"环节，往往包括(   )等职能部门。
    A. 控制   B. 决策
    C. 执行   D. 监督
    E. 反馈

70. 从项目构成方面看，项目实施计划包括(   )等。
    A. 费用计划   B. 进度计划
    C. 技术计划   D. 资金计划
    E. 原材料计划

71. 通过对项目的绩效追踪以及一些与贷款密切相关情况的收集和先行指标的测算，及时预测和发现贷款可能存在的风险，以便采取相应措施。这些不利情况和指标的测算主要表现在(   )。
    A. 工期的拖延   B. 建设费用的超支
    C. 市场的变化   D. 新产品的开发能力
    E. 企业经营管理中的营业收入、存货、应收账款、流动比率和速动比率发生不利变化

72. 项目团队成员主要的沟通要求是(   )。
    A. 责任   B. 团队
    C. 协作   D. 决策要求
    E. 项目进展情况

73. 范围定义的目的是(   )。
    A. 提高费用、时间和资源估算的准确性
    B. 确保实现项目的质量、投资、进度 3 大目标
    C. 确定在履行合同义务期间对工程进行测量和控制的基准，即划分的独立单元便于进度测量，目的是及时计算已发生的工程费用
    D. 定义项目的工作范围
    E. 明确划分各部分的权力和责任，便于清楚地分派任务

74. 项目审批部门在批准项目可行性研究报告时，应依据法律、法规规定的权限，对项目建设单位拟定的(   )等内容提出核准或者不予核准的意见。
    A. 招标范围   B. 招标组织形式

C. 招标方式

D. 标底

E. 详细招标工作方案

75. 下列属于投标报价组成部分的是（　　）。

A. 保险

B. 措施费

C. 税金

D. 保证金

E. 风险金

76. 确定管理幅度时应考虑的主要因素有（　　）。

A. 管理工作的性质

B. 组织结构

C. 层次内信息传递效率

D. 管理者与被管理者的工作能力

E. 管理者的领导风格

77. 对团队成员考核的方式很多，但实际工程项目管理中通常采用的方式有（　　）。

A. 任务跟踪

B. 平时抽查

C. 问题征询

D. 成员互评

E. 随机检查

78. 对团队成员进行考核是项目经理加强团队管理的重要方法之一，其主要作用有（　　）。

A. 有利于加强成员的团队意识

B. 时刻提醒团队成员要完成任务

C. 调动成员积极性

D. 提高工作质量

E. 保证项目目标的实现

79. 工程项目施工合同是发包人与承包人就完成具体工程项目的（　　）等工作内容，确定双方权利和义务的协议。

A. 建筑施工

B. 设备安装

C. 设备调试

D. 设备生产

E. 工程保修

80. 下列不属于货物采购合同签订后要实行的监造与检验的主要内容的是（　　）。

A. 根据具体情况，可聘请有资格和有信誉的第三方检验机构承担货物的检验工作

B. 设备、材料运抵施工现场后，主持仓储的管理人员开箱检验，合格后方能入库

C. 货物制造工作中，根据需要咨询工程师应进驻制造现场进行监造与检验

D. 在机械设备制造之前，咨询工程师要召开预检会议，审查制造厂的检验计划

E. 机械设备检验应按订货合同文件规定的标准、规范进行

81. 公开招标与邀请招标的区别主要在于（　　）。

A. 发布信息的方式不同

B. 选择的范围不同

C. 竞争的范围不同

D. 公开的程度不同

E. 公开的方式不同

82. 《专用条款》是对《通用条款》的（　　）。

A. 解释

B. 说明

C. 补充

D. 修改

E. 具体化

83. 双代号网络图的绘制步骤包括（　　）。

A. 根据已知的紧前工作确定紧后工作

B. 绘制开始节点和结束节点

C. 从左到右确定各工作的始节点位置号和终节点位置号

    D. 根据节点位置号和逻辑关系绘出初步网络图

    E. 检查逻辑关系有无错误，如与已知条件不符，则可加虚工作加以改正

84. 下列不属于双代号网络图绘图原则的是（　　）。

    A. 网络图应只有一个起点节点和一个终点节点（多目标网络计划除外）

    B. 网络图中不允许出现重复编号的节点

    C. 严禁在箭线上引入或引出箭线

    D. 严禁网络图中工作箭线交叉

    E. 网络图中的箭线应保持自右向左的方向

85. 工程项目总投资包括（　　）。

    A. 建设投资   B. 设计概算

    C. 建设期利息   D. 流动资金

    E. 竣工决算价

86. 绘制双代号网络图时，工作通常可分为（　　）。

    A. 既消耗时间又消耗资源的工作   B. 只消耗时间不消耗资源的工作

    C. 只消耗资源不消耗时间的工作   D. 既不消耗时间也不消耗资源的工作

    E. 具体工作和抽象工作

87. 在工程项目进度计划中，进度优化是非常重要的一步，进度优化的方法有（　　）。

    A. 工期优化   B. 费用优化

    C. 资源优化   D. 劳动力优化

    E. 效益优化

88. 按《建筑安装工程费用项目组成》规定，措施费包括（　　）。

    A. 环境保护费   B. 文明施工费

    C. 混凝土添加剂费用   D. 安全施工费

    E. 脚手架摊销费

89. 根据《建筑安装工程费用项目组成》文件的规定，下列各项中属于施工机械使用费的是（　　）。

    A. 机械夜间施工增加费   B. 大型机械设备进出场费

    C. 机械燃料动力费   D. 机械经常修理费

    E. 司机在年工作台班以外的人工费

90. 工程项目费用估算可以细分为（　　）。

    A. 投资估算   B. 设计概算

    C. 施工图预算   D. 标底和投标报价

    E. 计划估算

91. 工业项目可行性研究报告质量标准中生态环境影响情况综合评价包括（　　）。

    A. 制定环境治理措施情况   B. 对合理布局的论证情况

    C. 节约土地论证情况   D. 安全、消防、职业卫生论证情况

    E. 节能、节水论证情况

92. 风险识别工作主要包括（　　）。

    A. 确定风险的来源   B. 风险监控

    C. 确定风险产生的条件   D. 描述风险特征

    E. 确定哪些风险会对本项目产生影响

93. 设计概算的编制依据不包括（　　）。

    A. 经批准的设计文件

    B. 项目进度计划

    C. 交通运输情况及运输价格

    D. 地区工资标准、材料预算价格及机械台班价格

    E. 已完成工作实际费用

94. 试运行的目的是在实践中检验体系的（　　）。

    A. 充分性　　　　　　　　　　B. 可靠性

    C. 适用性　　　　　　　　　　D. 经济性

    E. 有效性

95. 下列不属于项目设计计划的内容的是（　　）。

    A. 用户对设计工作的特殊要求

    B. 设计主要里程碑进度计划

    C. 设计工作程序、设计进度计划

    D. 组织设计策划，并将策划结果编入设计计划

    E. 根据项目计划、项目质量计划和设计计划的规定，对设计过程进行控制

参考答案

一、单项选择题

1	B	2	C	3	C	4	D	5	D
6	B	7	B	8	B	9	B	10	C
11	D	12	C	13	B	14	C	15	B
16	D	17	A	18	C	19	A	20	B
21	C	22	C	23	D	24	B	25	D
26	B	27	C	28	B	29	A	30	C
31	A	32	D	33	D	34	C	35	
36	B	37	C	38	B	39	C	40	D
41	B	42	A	43	A	44	D	45	D
46	B	47	D	48	B	49	D	50	A
51	C	52	B	53	A	54	C	55	B
56	D	57	C	58	D	59	D	60	C

二、多项选择题

61	BCDE	62	ACDE	63	ABC	64	BCD	65	CDE
66	ABDE	67	BCDE	68	ABC	69	BCDE	70	CDE
71	ABCE	72	ACDE	73	ACE	74	ABC	75	ABCE
76	ACDE	77	ABCD	78	ABCE	79	ABCE	80	DE
81	ABCD	82	CDE	83	ACDE	84	DE	85	AD
86	ABD	87	ABC	88	ABDE	89	CD	90	ABCD
91	ACDE	92	ACDE	93	BE	94	ACE	95	DE

工程项目组织与管理（八）

一、单项选择题 （共 60 题，每题 1 分。每题的备选项中，只有 1 个最符合题意）

1. （　　）即委托人根据批准的项目建议书，面向社会招标代建人，由代建人根据批准的项目建议书，从项目的可研报告开始介入，负责可研报告、初步设计、建设实施乃至竣工验收的管理。
    A. 前期代建　　　　　B. 工程代建　　　　　C. 全过程代建　　　　D. 两阶段代建

2. （　　）是指利用私人或私营企业资金、人员、技术和管理优势，向社会提供长期优质公共产品和服务。
    A. PFI/PPP　　　　　B. CM　　　　　　　C. BOOT　　　　　　D. BOT

3. 企业不使用政府投资的建设项目的市场前景、经济效益、资金来源和产品技术方案等均由企业自主决策、自担风险，并依法办理（　　）等许可手续和减免税确认手续。
    A. 环境保护　　　　　B. 土地使用　　　　　C. 城市规划　　　　　D. 安全生产

4. 工程项目的实施中，项目的（　　）既是工程项目是否成功的衡量标准，也是工程项目的实施依据。
    A. 质量目标　　　　　B. 约束条件　　　　　C. 进度目标　　　　　D. 实施条件

5. 工程项目计划实施与控制的基本方法包括建立计划实施的监测记录体系和（　　）。
    A. 变更评审程序　　　B. 批准程序　　　　　C. 统计报告制度　　　D. 纠偏分析制度

6. （　　）是指对已经完成的项目建设目标、执行过程、效益、作用和影响所进行的系统的、客观的分析。
    A. 项目后评价　　　　B. 项目结果分析　　　C. 项目可行性分析　　D. 项目经济分析

7. （　　）是指按合同约定委托双方一致认可的、具有相应资质的、独立的第三方，运用专业方法，对可交付成果进行评定。
    A. 技术评定　　　　　B. 专业评定　　　　　C. 第三方评定　　　　D. 中间方评定

8. 可行性研究阶段的组织结构形式（　　）设计阶段的组织结构形式，设计阶段的组织结构形式（　　）施工阶段的组织结构形式。
    A. 适合，不适合　　B. 不适合，不适合　　C. 适合，适合　　　　D. 不适合，适合

9. （　　）应具有可操作性，也称作操作目标，用于确定工程项目的详细构成。更细的目标分解，一般在可行性研究以及技术设计和计划中形成，并得到进一步解释和定量化，逐渐转化为具体的工作任务。
    A. 系统目标　　　　　B. 子目标　　　　　　C. 可执行目标　　　　D. 分目标

10. （　　）是指从事工程项目管理的企业受业主委托，按照合同约定，代表业主对工程项目的组织实施进行全过程或若干阶段的管理和服务。
    A. 项目管理　　　　　B. 项目服务　　　　　C. 项目咨询　　　　　D. 项目管理服务

11. 如果（　　）层次内信息传递的方式与渠道适宜，传递速度快，关系容易协调，其管理幅度就可（　　）一些。
    A. 不同，小　　　　　B. 不同，大　　　　　C. 同一，大　　　　　D. 同一，小

12. （　　）描述人力资源何时加入项目工作及何时脱离项目工作，如何加入和离开项目团队，

根据项目的具体情况，其可以是正式的也可以是非正式的，可以是详细的也可以是框架式的。

A. 人员配备计划　　　B. 组织关系图　　　C. 角色安排　　　D. 职责安排

13. 政府对工程项目管理的手段是多样的，有行政命令等行政手段，也有法律法规等法律手段，还可以使用税收等各种经济手段，在参与工程项目管理者当中，政府可使用的管理手段是（　　）。

A. 最权威的　　　　　B. 最重要的　　　　　C. 最全面的　　　　　D. 最有效的

14. 各项目管理单位要针对合同规定的各项目标和工作范围要求建立合适的（　　），使各项任务逐级分解落实，同时建立起质量管理、进度管理、费用管理、风险管理、安全管理等各类管理体系。

A. 项目管理团队　　　B. 项目组织　　　　　C. 组织结构　　　　　D. 组织形式

15. （　　）是在考核实施活动过程结果的基础上，应用考核结果的描述来确定绩效的高低，作出评价。

A. 项目评价　　　　　B. 项目总结　　　　　C. 实施评价　　　　　D. 绩效评价

16. 建立和保持有效、畅通的（　　），是实现有效控制的基础。

A. 检查制度　　　　　B. 信息通道　　　　　C. 项目进度计划　　　D. 组织制度

17. 正确地开展（　　）可以使团队内形成良好的团队精神和团队文化，可以树立正确的是非标准，可以让人产生成就与荣誉感，从而使团队成员能够在一种竞争的激励中产生工作动力，提高团队的整体能力。

A. 表彰　　　　　　　B. 培训　　　　　　　C. 评价　　　　　　　D. 调整

18. 形成正式变更令的第一步是（　　）。

A. 发生变更　　　　　　　　　　　　B. 变更确认

C. 提出变更请求　　　　　　　　　　D. 发出变更意向通知书

19. 对于单一项目的项目公司，其内部可以按（　　）来进行管理，对于一个大型公司管理不同的项目有时也会按这种划分法来设置部门。

A. 职能划分法　　　B. 程序划分法　　　C. 业务划分法　　　D. 区域划分法

20. （　　）是一种特殊的组织关系图，它展示了各组织单元负责的具体工作。

A. 组织关系图　　　　　　　　　　　B. 组织分解图

C. 组织任务分工图　　　　　　　　　D. 组织分解结构图

21. 招标文件应当包括招标项目的（　　）、对投标申请人资格审查的标准、投标报价要求和评标标准等所有实质性要求和条件以及拟签订合同的主要条款。

A. 资格审查方式　　　　　　　　　　B. 投标文件编制要求

C. 技术要求　　　　　　　　　　　　D. 评标的方法

22. （　　）是审查确定中标人的必经程序，是保证招标成功的重要环节。其对所有投标文件进行评审，向招标人推荐中标候选人或者直接确定中标人。

A. 投标　　　　　　　B. 评标　　　　　　　C. 开标　　　　　　　D. 定标

23. 对团队成员考核的方式不包括（　　）。

A. 问题征询　　　　　　　　　　　　B. 征求项目经理意见

C. 相互评价　　　　　　　　　　　　D. 阶段总结汇报

24. 招标投标管理的法律依据是（　　）。

A. 1999 年 8 月 30 日，九届全国人大常委会通过的《中华人民共和国招标投标法》

B. 2000年1月1日，九届全国人大常委会通过的《中华人民共和国招标投标法》

C. 1999年8月30日，九届全国人大常委会通过的《中华人民共和国合同法》

D. 2001年1月1日，九届全国人大常委会通过的《中华人民共和国合同法》

25.（　　）是招标人向投标人发出的，旨在向其提供编写投标文件所需的资料，并向其通报招标投标将依据的规则和程序等项目内容的书面文件，是招标投标过程中最重要的文件之一。

A. 招标公告　　　　　　B. 招标文件　　　　　C. 投标须知　　　　D. 投标邀请书

26.（　　）的发包人是建设单位或项目管理部门，承包人是持有建设行政主管部门颁发的工程勘察设计资质证书、工程勘察设计收费资格证书和工商行政管理部门核发的企业法人营业执照的工程勘察设计单位。

A. 工程项目前期咨询合同　　　　　　B. 工程监理合同

C. 勘察设计合同　　　　　　　　　　D. 工程施工合同

27. 争端裁决委员会属于非强制性但具有法律效力的行为，相当于我国法律中解决合同争议的调解，但其性质则属于（　　）。

A. 商议　　　　　　　　B. 监管　　　　　　　C. 个人委托　　　　D. 仲裁

28.（　　）一般适用于具有通用技术、性能标准或者招标人对其技术性能没有特殊要求的招标项目。

A. 经评审的最低投标价法　　　　　　B. 综合评估法

C. 综合打分法　　　　　　　　　　　D. 利润最大化法

29. 在收到承包商的支付报表的（　　）天内，工程师按核查结果以及总价承包分解表中核实的实际完成情况签发支付证书。

A. 7　　　　　　　　　　B. 14　　　　　　　　C. 28　　　　　　　D. 42

30. 业主的付款时间不应超过工程师收到承包商的月进度付款申请单后的56天，如果逾期支付将承担延期付款的违约责任，延期付款的利息按银行贷款利率加（　　）计算。

A. 2%　　　　　　　　　B. 3%　　　　　　　　C. 2.5%　　　　　　D. 3.5%

31. 建设工程施工合同示范文本中的（　　）部分是结合具体工程双方约定的条款，为当事人提供编制具体合同时应包括内容的指南，具体内容由当事人根据发包工程的实际要求细化。

A.《协议书》　　　　　B.《通用条款》　　　　C.《专用条款》　　　D. 附件

32. 工程项目是一个特殊的产品，发包人购买的是工程实体的形成过程，而构成工程实体的过程中，最为重要的是（　　）。

A. 施工组织　　　　　　B. 货物采购　　　　　C. 施工控制　　　　D. 施工和货物采购

33. 工程师收到变更工程价款报告之日起（　　）内，予以确认。

A. 14　　　　　　　　　B. 42　　　　　　　　C. 28　　　　　　　D. 7

34. 工程师在接到延期开工申请后（　　）以书面形式答复承包人。

A. 24小时内　　　　　　B. 48小时内　　　　　C. 两周内　　　　　D. 两周后

35. 验收完毕（　　）小时后，监理工程师不在验收记录上签字，视为监理工程师已经批准。

A. 8　　　　　　　　　　B. 16　　　　　　　　C. 24　　　　　　　D. 48

36. 一般来说，由于工程范围的变更、文件有缺陷或技术性错误、业主未能提供现场等引起的索赔，承包商可以将其列入（　　）。

A. 人工费　　　　　　　B. 总部管理费　　　　C. 材料费　　　　　D. 利润

37. 在网络图中，箭线的出发和交汇处画上圆圈，用以标志该圆圈前面一项或若干项工作的结束和允许后面一项或若干项工作开始的时间点称为（   ）。
    A. 工作　　　　　　　B. 线路　　　　　　　C. 结点　　　　　　　D. 活动

38. 发包人收到竣工验收报告后（   ）天内组织有关部门验收。
    A. 14　　　　　　　　B. 28　　　　　　　　C. 7　　　　　　　　D. 5

39. 对于招标采购的货物，合同价款应根据（   ）确定。
    A. 投资估算　　　　　B. 设计概算　　　　　C. 中标价格　　　　　D. 施工图预算

40. 时标网络计划宜按各项工作的（   ）编制。
    A. 最早开始时间　　　B. 最早完成时间　　　C. 最晚开始时间　　　D. 最晚完成时间

41. （   ）是计划中工作与工作之间的逻辑关系肯定，且每项工作只估算一个肯定的持续时间的网络计划技术。
    A. 关键线路法　　　　B. 类比估算法　　　　C. 计划评审技术　　　D. 图示评审技术

42. （   ）是在横道图上或网络图上标示出一些关键事项，这些事项能够被明显地确认，一般是反映进度计划执行中各个阶段的目标。
    A. 网络图　　　　　　B. 横道图　　　　　　C. 里程碑法　　　　　D. 进度曲线法

43. 下列不是工程项目进度计划控制的具体内容的是（   ）。
    A. 对造成进度变化的因素施加影响，以保证这种变化朝着有利的方向发展
    B. 经常地进行实际进度与计划进度的比较
    C. 确定进度是否已发生变化
    D. 在变化实际发生或正在发生时，对这种变化实施管理

44. 按照《建筑安装工程费用项目组成》的规定，大型机械设备进出场及安拆费列入（   ）。
    A. 施工机械使用费　　　　　　　　　　B. 施工机构迁移费
    C. 措施费　　　　　　　　　　　　　　D. 间接费

45. 根据《建筑安装工程费用项目组成》文件的规定，下列属于直接工程费中人工费的是生产工人（   ）。
    A. 失业保险费　　　　　　　　　　　　B. 危险作业意外伤害保险费
    C. 劳动保险费　　　　　　　　　　　　D. 劳动保护费

46. 在国外的建设程序中，可行性研究阶段、方案设计阶段、基础设计阶段、详细设计阶段及招投标阶段对建设工程项目投资所做的测算统称为（   ），但在各个阶段，其详细程度和准确度是有差别的。
    A. 投资估算　　　　　B. 费用估算　　　　　C. 设计概算　　　　　D. 费用计划

47. （   ）体现了工程项目高级管理层资源使用方面的态度和喜好，可以影响到人员的招聘、组织和激励，物资的采购方式，设备的租用或购入，对确定如何使用资源也起重要作用。
    A. 资源需求分析　　　B. 资源储备说明　　　C. 组织方针　　　　　D. 资源供给分析

48. 在资源消耗计划编制的依据中，（   ）是编制资源计划的基本依据。
    A. 范围说明书　　　　B. 进度计划　　　　　C. WBS　　　　　　　D. 组织方针

49. 由于设计深度不够等原因，对一般附属、辅助和服务工程等项目，以及住宅和文化福利工程项目或投资比较小、比较简单的工程项目，多采用（   ）。
    A. 概算定额法　　　　　　　　　　　　B. 概算指标法
    C. 类似工程概算法　　　　　　　　　　D. 类似工程预算法

50. 下列关于投标报价的表述，不正确的是（   ）。

A. 投标报价是以业主招标文件中合同条件、技术规范、工程性质和范围为依据，根据有关企业定额和价格资料，计算和确定承包该项工程的单价和总价，随投标书报业主

B. 投标报价是以业主招标文件中工程标底价格为依据，根据有关企业定额和价格资料，计算和确定承包该项工程的单价和总价，随投标书报业主

C. 业主把承包商的报价作为主要标准来选择中标者

D. 投标报价是业主和承包商就工程标价进行承包合同谈判的基础

51. 工程咨询成果质量评审方式包括内部评审和外部评审，下列属于外部评审的是（　　）。

    A. 业主组织的评审　　　　　　　　　　B. 设计单位组织的评审

    C. 项目团队组织的评审　　　　　　　　D. 监理工程师组织的评审

52. 关于设计阶段要处理好投资、质量、进度三者之间的关系，下列表述不正确的是（　　）。

    A. 设计阶段的投资控制，就是要追求投资的最少量化

    B. 设计阶段的投资控制，就是要追求投资的合理化

    C. 设计阶段的质量控制，就是要追求质量的优良化

    D. 设计阶段的进度控制，就是依据实现工程项目总工期的目标要求，对设计工作进度进行计划、监督和协调

53. 设计评审中，（　　）是决定设计质量和技术水平的关键。

    A. 初步设计　　　　B. 施工图设计　　　　C. 设计经理　　　　D. 工艺方案

54. 质量资料是实施质量控制活动的记录，下列不属于质量记录资料的是（　　）。

    A. 施工现场质量管理检查记录资料

    B. 工程材料、半成品、构配件、设备等的质量证明资料

    C. 施工过程作业活动质量记录资料

    D. 工程质量问题和质量事故处理

55. 风险管理应用于项目管理有其特殊的复杂性，不包括（　　）。

    A. 项目由于它所具有的突发性、反复无常性特点，决定其不确定性因素的大量存在

    B. 大型土木工程项目由于其技术、施工、地质、材料等方面的原因，存在着许多不可预见的干扰因素与施工障碍

    C. 项目由于建设周期长、涉及单位多，也就不可避免地遇到许多诸如政治、人文、物价、气候等不可抗力与不可预见事件

    D. 工程项目由于合同方式是典型的对手关系，因而大量存在合同风险转移因素

56. 项目风险管理中最重要的步骤是（　　）。

    A. 风险定性分析　　B. 风险定量分析　　C. 风险识别　　　　D. 风险监测与控制

57. （　　）是描述某一风险事件发生的可能性。

    A. 风险概率　　　　B. 风险敏感度　　　C. 风险度　　　　　D. 风险量

58. 通常采用（　　）计算预算造价时，在计算出分部分项工程的人工、材料、机械消耗量后，先按类相加求出单位工程所需的各种人工、材料、施工机械台班的消耗量，再分别乘以当时当地各种人工、材料、机械台班的实际单价，求得人工费、材料费和施工机械使用费并汇总求和。

    A. 预算单价法　　　B. 实物法　　　　　C. 工料单价法　　　D. 综合单价法

59. （　　）是对现场状态的动态控制，在巡检中发现问题及时解决，将危险隐患消除在萌芽状态。

    A. 抽样调查　　　　B. 日常巡检　　　　C. 旁站监督　　　　D. 专项检查

60. ( )应当建立健全质量管理体系，落实质量责任制，确定工程项目的项目经理、技术负责人和施工管理负责人。

    A. 施工单位   B. 工程监理单位

    C. 设计单位   D. 材料、设备生产或供应单位

二、多项选择题（共35题，每题2分。每题的备选项中，有2个或2个以上符合题意，至少有1个错项。错选，本题不得分；少选，所选的每个选项得0.5分）

61. 工程项目总控制包括( )。

    A. 合同控制   B. 费用控制

    C. 进度控制   D. 规模控制

    E. 资源控制

62. 银行对贷款项目的贷前管理有( )。

    A. 对借款人进行财务评价   B. 受理借款人的借款申请

    C. 进行信用评价分析   D. 贷款风险预警

    E. 对贷款项目进行评估

63. 项目管理单位建立的各类管理体系必须体现在公开、透明的项目管理体系文件上，包括( )等。

    A. 组织机构   B. 部门和岗位职责

    C. 资源管理   D. 项目操作程序

    E. 作业指导书

64. 工程项目竣工验收和总结评价阶段应完成工程项目的( )。

    A. 投料试车   B. 联动试车

    C. 试生产   D. 竣工验收

    E. 总结评价

65. 工程项目的人力资源管理主要负责( )。

    A. 人员的考核   B. 人力资源计划

    C. 人员的获取   D. 人员的培训

    E. 合同的变更

66. 工程项目目标的确定应满足的条件有( )。

    A. 目标应是具体的，具有可评估性和可量化性，不应含混模糊

    B. 目标应与上级组织目标相区分

    C. 可能时，以可交付成果的形式对目标进行说明，如评估报告、设计图纸等

    D. 目标是可理解的，即必须让其他人知道正努力去达到什么

    E. 目标是现实的，即应该去做的事情

67. 在国家发展和改革委员会关于实行核准制的《项目申请报告通用文本》中明确规定，《项目申请报告》应有"经济影响分析"，其主要内容包括( )。

    A. 经济费用效益或费用效果分析   B. 区域经济影响分析

    C. 行业影响分析   D. 宏观经济影响分析

    E. 资源分析

68. 银行对贷款项目管理的目的主要是( )。

    A. 安全性   B. 时间性

    C. 流动性   D. 完整性

E. 效益性

69. 项目管理组织的建立步骤不包括（　　）。

    A. 确定组织工作内容

    B. 流程配置和管理幅度的定量分析

    C. 确定工作岗位与工作职责

    D. 确定最佳幅度和层次原则

    E. 制定考核标准

70. 根据项目工作结构分解确定的各项工作任务，项目经理对项目团队中各成员进行工作任务分工，进而提出具体的工作要求，包括（　　）等。

    A. 人员配置计划

    B. 工作任务

    C. 工作进度

    D. 工作质量

    E. 与其他成员的相互承接关系

71. 在项目建成后，银行要进行贷款偿还管理，主要包括（　　）。

    A. 本息的催收

    B. 有限延长还款期限的贷款展期

    C. 对借款人的发展变化趋势进行预测

    D. 贷款项目评估

    E. 借款人归还贷款的全部本息后，对结清贷款进行评价和总结

72. 每一个项目成员都需要非常确切地知道其负责的是项目的哪一部分，与其他部分有哪些关联。在明确任务分工时，要进行的沟通有（　　）。

    A. 解释工作成果要求，一定要确保人们明确地知道他们应达成的工作成果，包括所有评判的标准

    B. 明确所期望付出的努力以及工作期限

    C. 可以运用横道图很好地解释个人的工作怎样配合整个项目

    D. 告知他们可能遇到的困难以及所需要的特别信息，为他们走向成功做好准备

    E. 当面进行工作任务的分配交接，留出充足的时间进行答疑和讨论

73. 范围定义的依据有（　　）。

    A. 业主需求文件

    B. 项目实施条件

    C. 历史资料

    D. 各种假设

    E. 项目其他阶段的结果

74. 下列属于咨询工程师为招标人实施的招标投标活动的是（　　）。

    A. 根据招标方式的不同发布相应的招标信息

    B. 对投标申请人进行资格审查

    C. 编制、发布招标文件

    D. 接受投标文件、组织投标人踏勘现场

    E. 组织编制投标文件

75. 衡量投标文件是否最大限度地满足招标文件中规定的各项评价标准，可以采取（　　）。

    A. 最低投标价法

    B. 综合评估法

    C. 折算为货币的方法

    D. 打分的方法

    E. 评标价格调整方法

76. 下列关于管理层次与管理跨度的表述，正确的是（　　）。

    A. 一个项目管理层次的多少不是绝对的

    B. 管理层次过少将产生信息流通的障碍和决策效率与工作效率的低下

    C. 对于不同层次的管理及不同类型的事务，其管理跨度也是不同的

    D. 操作层是指直接调动和安排项目活动、组织落实项目计划的阶层

E. 一般来讲，管理层次与管理跨度是相互矛盾的，管理层次过多势必要降低管理跨度，同样管理跨度增加，同样也会减少管理层次

77. 在实际工作中，进行抽查时要注意的问题是（　　）。
    A. 与其他工作结合进行
    B. 保证项目目标
    C. 尊重被抽查人
    D. 征求客户意见
    E. 频率要适度，要因人而异、因事而异

78. 在工程项目人力资源管理中，对项目团队成员考核的内容主要包括（　　）。
    A. 工作效率
    B. 工作范围
    C. 工作纪律
    D. 工作质量
    E. 工作成本

79. 下列不属于建设工程施工合同文件的是（　　）。
    A. 预付款支付证书
    B. 资格预审邀请书
    C. 中标通知书
    D. 投标书及其附件
    E. 工程量清单

80. 按我国现行规定，建安工程合同价包括（　　）。
    A. 直接工程费
    B. 间接费
    C. 利息
    D. 计划利润
    E. 税金

81. 招标人在完成招标备案后，须根据已确定的招标方式发布招标信息。招标信息载体包括（　　）。
    A. 投标须知
    B. 招标公告
    C. 招标文件
    D. 技术规范
    E. 投标邀请书

82. 组成建设工程施工合同的文件包括（　　）。
    A. 施工合同协议书
    B. 协议书附件
    C. 中标通知书
    D. 投标书及其附件
    E. 施工合同专用条款

83. 工程项目工作定义的成果是（　　）。
    A. 修正的工作分解结构
    B. 进一步修正的工作清单
    C. 一份工作清单
    D. 详细依据
    E. 成果说明文件

84. 工作时间估算的依据不包括（　　）。
    A. 历史资料
    B. 资源效率
    C. 资源配备
    D. 工作分解结构
    E. 项目范围说明书

85. 下列属于建设投资的是（　　）。
    A. 建安工程费
    B. 土地使用费
    C. 建设期利息
    D. 研究使用费
    E. 涨价预备费

86. 某分部工程双代号网络图如下图所示，其作图错误表现为（　　）。

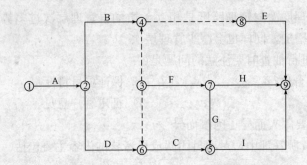

    A. 有多个起点节点   B. 有多个终点节点

    C. 节点编号有误   D. 存在循环回路

    E. 有多余虚工作

87. 在进度计划的优化中，进行工期优化时，选择应缩短持续时间的关键工作时应考虑（ ）。

    A. 选择持续时间最长的关键工作

    B. 缩短持续时间对质量和安全影响不大的工作

    C. 缩短有充足备用资源的工作

    D. 缩短持续时间增加费用最少的工作

    E. 缩短一些不重要的关键工作的持续时间

88. 按《建筑安装工程费用项目组成》规定，属于企业管理费的有（ ）。

    A. 危险作业意外伤害保险费   B. 6 个月以上的病假人员工资

    C. 生产工人休假期间的工资   D. 现场管理人员工资

    E. 职工探亲路费

89. 建筑安装工程含税造价中的税金应包括（ ）等。

    A. 印花税   B. 增值税

    C. 土地使用税   D. 城市维护建设税

    E. 教育费附加

90. 设计概算的编制依据有（ ）。

    A. 经批准的工程项目有关文件，包括投资估算

    B. 工程量清单

    C. 国家或省市颁发的概算定额

    D. 施工图纸

    E. 工程地质勘测资料

91. 下列属于工程项目设计阶段质量管理的具体要求的是（ ）。

    A. 工程设计必须符合有关工程建设及质量管理方面的法律以及工程建设的技术标准和规范

    B. 工程项目中采用的专业标准规范，要确保是现行有效版本

    C. 工程设计必须能体现业主建设意图

    D. 设计过程中出现设计不合格品时，严格执行不合格品的控制程序

    E. 设计图纸要齐全，各方面的计算要准确，技术要求要明确，设计单位有义务帮助实施单位了解和掌握图纸要求和设计意图

92. 风险识别的依据是（ ）。

　　A. 企业外部有关风险管理的信息源　　　B. 项目范围说明书

　　C. 风险量　　　　　　　　　　　　　　D. 风险管理体系文件

　　E. 相关的项目管理计划

93. 建筑工程概算不包括(　　　)。

　　A. 给排水工程概算　　　　　　　　　　B. 机械设备及安装工程概算

　　C. 采暖工程概算　　　　　　　　　　　D. 电器设备及安装工程概算

　　E. 通风工程概算

94. 工程项目的全过程 HSE 管理主要有(　　　)的管理。

　　A. 项目决策、设计阶段　　　　　　　　B. 项目前期

　　C. 项目建设期　　　　　　　　　　　　D. 项目验收期

　　E. 项目保修期

95. 设计各专业衔接的主要工作不包括(　　　)。

　　A. 设计各阶段设计评审、验证和确认的安排

　　B. 设计采用的标准、规范

　　C. 提出条件的专业在条件表发出前应进行校审

　　D. 接收条件的专业在接到条件表后，应对条件进行评审，检查其完整性和适用性

　　E. 修改接收条件，必须按原程序进行校审，一般应按版次修改的方式进行

参考答案

一、单项选择题

1	C	2	A	3	D	4	B	5	C
6	A	7	C	8	B	9	C	10	D
11	C	12	A	13	C	14	C	15	D
16	B	17	A	18	C	19	A	20	D
21	C	22	B	23	B	24	A	25	B
26	C	27	C	28	A	29	B	30	D
31	C	32	D	33	D	34	B	35	C
36	D	37	C	38	B	39	C	40	A
41	A	42	B	43	B	44	C	45	D
46	B	47	C	48	C	49	B	50	B
51	A	52	A	53	D	54	D	55	A
56	C	57	A	58	B	59	B	60	A

二、多项选择题

61	ABCE	62	ABCD	63	ABCE	64	BCDE	65	BCD
66	ACDE	67	ABCD	68	ACE	69	BD	70	BCDE
71	ABE	72	ABE	73	ACDE	74	ABCD	75	CD
76	ACE	77	ACE	78	ACDE	79	AB	80	ABDE
81	BE	82	ACDE	83	ACD	84	DE	85	ABDE
86	ACE	87	BCD	88	BDE	89	DE	90	ACE
91	ACE	92	ABDE	93	BD	94	BCE	95	AB

工程项目组织与管理（九）

一、单项选择题（共60题，每题1分。每题的备选项中，只有1个最符合题意）

1. （   ）授权代建人办理开工申请报告，取得施工许可证，通过招标选择施工单位，组织管理协调工程的施工建设，履行工程如期竣工验收和交付使用的职责，负责保障工程项目在保修期内的正常使用。

    A. 前期代建   B. 工程代建   C. 全过程代建   D. 两阶段代建

2. 政府应建立科学的行业准入制度，规范重点行业的（   ），防止低水平重复建设。

    A. 进度标准   B. 环保标准   C. 安全标准   D. 能耗水耗标准

3. 在国家发展和改革委员会关于实行核准制的《项目申请报告通用文本》中明确规定，《项目申请报告》应有（   ）章节。

    A. 资源开发及综合利用分析

    B. 节能方案分析

    C. 建设用地、征地拆迁及移民安置分析

    D. 费用控制计划和资源供给计划分析

4. 一个工程项目往往由多个单项工程和单位工程组成，彼此之间紧密相关，必须结合到一起才能发挥工程项目的整体功能。这说明工程项目的（   ）。

    A. 逻辑性强   B. 整体性强   C. 系统性强   D. 统一性强

5. （   ）是工程项目管理的重要内容，它包括为了确保工程项目信息的合理收集和传输，保证相互动作协调的一系列过程。

    A. 沟通   B. 协作   C. 决策   D. 调查

6. （   ）是指那些积极参与该项目或其利益受到该项目影响的个人或组织。

    A. 工程项目参与方

    B. 工程项目组织者

    C. 工程项目利害关系者

    D. 工程项目利益相关者

7. （   ）是指业主方可以按合同约定的标准、程序和方法，组织相关领域的专家和相关政府部门代表对可交付成果进行评定。

    A. 最终评定   B. 抽样评定   C. 政府评定   D. 专家评定

8. 工程项目组织的影响因素包括影响项目组织结构形式的形成和影响项目组织（   ）两个方面。

    A. 运行方式   B. 管理过程   C. 控制方式   D. 发展进程

9. 目标管理强调最终的结果，而不在意其实现目标的手段，可充分发挥项目管理团队成员的（   ）。

    A. 设计性   B. 创造性   C. 积极性   D. 主观能动性

10. （   ）是指工程项目管理企业按照合同约定，除完成项目管理服务（PM）的全部工作内容外，还可以负责完成合同约定的工程初步设计（基础工程设计）等工作。

    A. 项目管理服务   B. 项目管理承包   C. 项目管理分工   D. 项目管理代建

11. 管理者所管理的各机构的空间上的远近，对管理者的管理（   ）将产生一定的影响，如相互之间比较（   ），管理幅度就可大一些。

    A. 层次，近   B. 层次，远   C. 效率，近   D. 效率，远

12. （   ）是指项目组织内部不同个人之间工作交叉中的分工与衔接。

A. 人员组织界面   B. 人际关系界面   C. 技术界面   D. 组织界面

13. 政府在充分发挥政府宏观管理作用的同时，发挥行业（   ）的作用，国家支持成立相关协会，实现行业的自我约束与管理。

    A. 行政管理   B. 监督调控   C. 中介组织   D. 仲裁机构

14. 工程项目（   ），是把工程项目各阶段工作的具体目标和任务同管理目标结合在一起进行的综合管理。

    A. 监督管理   B. 综合管理   C. 范围管理   D. 系统管理

15. （   ）是在特定时间用特定指标表示期望结果的一种明确状态，从而成为项目绩效评价的标准。

    A. 项目评价时间   B. 项目绩效目标   C. 项目绩效准则   D. 项目绩效报告

16. （   ）主要是指团队成员为了实现团队的利益与目标，在工作中发扬相互协作、相互信任、相互支持、同心同德、尽心尽力的作风。

    A. 团队作风   B. 团队信仰   C. 团队精神   D. 团队力量

17. 依法必须进行招标的房屋建筑和市政基础设施工程项目，招标人应当具有（   ）名以上本单位的中级以上职称的工程技术经济人员，并熟悉和掌握招标投标有关法规，且至少包括 1 名在本单位注册的造价工程师。

    A. 1   B. 2   C. 3   D. 5

18. （   ）提出变更，多数情况是发现设计中存在某些缺陷而需要对原设计进行修改。

    A. 咨询工程师   B. 设计单位   C. 业主   D. 承包商

19. （   ）有利于专业人员的培养和作用的发挥，但各部门之间容易出现衔接问题，需要有一个部门或小组去进行协调与组织。

    A. 职能划分法   B. 程序划分法   C. 业务划分法   D. 区域划分法

20. （   ）是指项目组织内部各组织单元之间职责与任务相互交叉中的分工与衔接，在项目组织计划中要正式或非正式地明确不同组织单元之间的这种组织界面关系。

    A. 组织界面   B. 人际关系界面   C. 技术界面   D. 管理界面

21. 招标人可以要求投标人在提交符合招标文件规定要求的投标文件外，提交备选投标方案，但应当在（   ）中作出说明，并提出相应的评审和比较办法。

    A. 投标报价   B. 招标范围   C. 投标文件编制   D. 招标文件

22. （   ）可以书面方式要求投标人对投标文件中含义不明确、对同类问题表述不一致或者有明显文字和计算错误的内容作必要的澄清、说明或补正；不得向投标人提出带有暗示性或诱导性的问题，或向其明确投标文件中的遗漏和错误。

    A. 评标委员会   B. 招标人

    C. 工程招标代理机构   D. 联合体成员法定代表人

23. 项目团队成员之间的（   ）是了解项目成员工作状况的一种方式。

    A. 问题征询   B. 征求客户意见   C. 相互评价   D. 阶段总结汇报

24. 施工单项合同估算价在（   ）万元人民币以上的工程建设项目，必须进行招标。

    A. 30   B. 50   C. 100   D. 200

25. 施工招标项目工期超过（   ）个月的，招标文件中可以规定工程造价指数体系、价格调整因素和调整方法。

    A. 1   B. 3   C. 6   D. 12

26. （   ）即建筑安装工程承包合同，是发包人和承包人为完成商定的建筑安装工程，明确相互权利和义务关系的合同。

    A. 工程项目前期咨询合同　　　　　　　B. 工程监理合同

    C. 勘察设计合同　　　　　　　　　　　D. 工程施工合同

27. 承包商的（　　）被认为他在投标阶段对招标文件中提供的图纸、资料和数据进行过认真审查和核对，并通过现场考察和质疑已取得了对工程可能产生影响的有关风险、意外事故及其他情况的全部必要资料。

    A. 投标一览表　　　　　　　　　　　　B. 施工组织设计或施工方案

    C. 投标书　　　　　　　　　　　　　　D. 商务和技术偏差表

28. 评标和定标应当在投标有效期结束（　　）个工作日内完成。

    A. 7　　　　　　　　B. 10　　　　　　　　C. 15　　　　　　　　D. 30

29. 工程项目委托监理法律关系，是工程建设活动中的一种特殊法律关系。依据法律规定在（　　）之间分别形成不同的法律关系。

    A. 监理人与被监理人　　　　　　　　　B. 委托人与承包人

    C. 发包人与承包人　　　　　　　　　　D. 监理人与委托人、承包人

30. 裁决委员会在收到提交的争议文件后应在（　　）天内作出合理的裁决。

    A. 28　　　　　　　B. 45　　　　　　　　C. 56　　　　　　　　D. 84

31. （　　）是指在协议书中约定，被发包人接受的具有工程施工承包主体资格的当事人以及取得该当事人资格的合法继承人。

    A. 第三方　　　　　　B. 合同当事人　　　　C. 承包人　　　　　　D. 工程师

32. （　　）是指在合同中约定，具有购买货物要求和支付货物价款能力的当事人以及取得该当事人资格的合法继承人。

    A. 供货人　　　　　　B. 购货人　　　　　　C. 出卖人　　　　　　D. 承包人

33. 工程师无正当理由不确认时，自变更价款报告送达之日起（　　）天后变更工程价款报告自行生效。

    A. 14　　　　　　　B. 42　　　　　　　　C. 28　　　　　　　　D. 7

34. 根据施工进度的开工及延期开工的有关规定，对延期开工的通知没有否决权的是（　　）。

    A. 发包人　　　　　　B. 承包人　　　　　　C. 监理工程师　　　　D. 设计单位

35. 下列关于施工过程中检查返工工作的表述，不正确的一项是（　　）。

    A. 检查检验合格后，又发现因承包人引起的质量问题，应由承包人承担责任，赔偿发包人的直接损失，工期不予顺延

    B. 检查检验不应影响施工正常进行

    C. 检验不合格，承包人应当按监理工程师要求进行返工、修改，并承担因此而导致的费用

    D. 其他影响正常施工的追加合同价款由发包人承担，相应顺延工期

36. 工程师在收到承包商送交的索赔报告和有关资料后（　　）天内未予答复或未提出进一步要求，视为该项索赔已经认可。

    A. 14　　　　　　　B. 28　　　　　　　　C. 30　　　　　　　　D. 15

37. （　　）既表示完成一项或几项工作的结果，又表示一项或几项紧后工作开始的条件。

    A. 起点节点　　　　　B. 终点节点　　　　　C. 中间节点　　　　　D. 线路

38. 工程竣工验收报告经发包人认可后应在（　　）天内，承包人向发包人递交竣工决算报告及完整的结算资料。

    A. 7　　　　　　　　B. 14　　　　　　　　C. 28　　　　　　　　D. 30

39. 根据货物采购合同管理中价格条款的规定，不需在价格条款中写明的是（　　）。
    A. 付款总额、付款方式及币种　　　　　B. 付款时间和次数
    C. 延期付款时利息的计算方法　　　　　D. 货物的价格

40. 在工程项目进度管理中，所谓工作定义，就是（　　）。
    A. 对工作分解结构（WBS）中规定的可交付成果或半成品的产生所必须进行的具体工作（活动、作业或工序）进行定义，并形成相应的文件
    B. 根据工作范围的大小，对已完成的具体工作进行定义，并形成相应的文件
    C. 对工作分解结构（WBS）中规定的可交付成果所必须进行的具体工作进行定义，并形成相应的文件
    D. 根据工作范围的大小，对已完成的和未完成的具体工作进行定义，并形成相应的文件

41. （　　）是计划中工作与工作之间的逻辑关系肯定，但每项工作的持续时间不肯定，一般采用加权平均时间估算，并对按期完成项目的可能性作出评价的网络计划方法。
    A. 关键线路法　　　B. 类比估算法　　　C. 计划评审技术　　　D. 图示评审技术

42. （　　）提供了有关进度绩效的信息，还可提醒项目团队注意将来有可能引起问题的事项。
    A. 项目进度计划　　B. 进度报告　　　C. 变更申请　　　　D. 进度调整计划

43. 采用进度监测的方法对项目进度进行控制时，进度计划执行中跟踪检查的主要工作是（　　）。
    A. 定期检查计划执行情况　　　　　　　B. 定期收集进度报表资料
    C. 定期收集反映工程实际进度的有关数据　D. 定期实地检查工程进展情况

44. 施工单位的生产工人因气候影响的停工工资包含在（　　）中。
    A. 现场管理费　　　　　　　　　　　　B. 生产工人辅助工资
    C. 企业管理费　　　　　　　　　　　　D. 基本预备费

45. 根据《建筑安装工程费用项目组成》文件的规定，对构件和建筑安装物进行一般鉴定和检查所发生的费用列入（　　）。
    A. 材料费　　　　　B. 其他直接费　　　C. 措施费　　　　　D. 研究试验费

46. （　　）是指在项目筹建与建设期间所花费的全部建设费用，由设备工器具购置费、建筑安装工程费、工程建设其他费用和预备费组成。
    A. 投资估算　　　　B. 建设投资　　　　C. 项目总投资　　　D. 结算价

47. 施工阶段的（　　），主要通过工程量的计算并参考基础定额（或企业定额）来确定直接劳务的需要量、大宗建筑材料的需要量、所需机械的台数及使用时间。
    A. 资源分配及计划编制　　　　　　　　B. 资源储备说明
    C. 资源需求分析　　　　　　　　　　　D. 资源供给分析

48. 在资源消耗计划的编制方法中，进行资源需求分析不正确的是（　　）。
    A. 在工程项目决策阶段，需要咨询工程师牵头，组织各专业技术人员对工程项目进行全面、系统地分析，为决策者提供决策的依据
    B. 在工程项目准备阶段，要围绕工程项目的设计进行大量的工作，需要各种专业工程师的参与，同时需要计算机、绘图仪等设备
    C. 施工阶段对管理人员、技术人员特别是一般劳动力的需求很多，对材料和设备的需求就更大，而竣工阶段对资源的需求则非常少
    D. 施工阶段的资源需求分析，主要通过工程量的计算并参考概预算定额来确定直接劳务的需要量、主要大宗建筑材料的需要量、所需机械的台数及使用时间

49. 不是设备安装工程概算编制方法的是（   ）。

A. 预算指标法　　　　B. 预算单价法　　　　C. 扩大单价法　　　　D. 概算指标法

50. （   ）是为明确如何处理工程施工过程中可能发生的偏差而编制的。

A. 设计概算　　　　B. 投资估算　　　　C. 费用估算　　　　D. 费用管理计划

51. 关于工程咨询质量的评审，现在在我国已成为一项制度的是（   ）。

A. 先决策后评估　　　　　　　　　　B. 决策评估同时进行
C. 先评估后决策　　　　　　　　　　D. 根据具体情况决定评估和决策的先后顺序

52. 设计阶段要处理好投资、质量、进度三者之间的关系，其中（   ）是最重要的。

A. 投资　　　　B. 质量　　　　C. 进度　　　　D. 投资和进度

53. 初步设计评审的会议纪要应由（   ）发送设计的相关专业，并负责组织各专业按会议纪要内容进行修改。

A. 项目经理　　　　B. 监理工程师　　　　C. 咨询工程师　　　　D. 设计经理

54. 在施工前准备阶段的质量管理中，施工组织设计应符合国家的技术政策，要突出（   ）的原则。

A. "质量第一，技术第一"　　　　　　B. "技术第一，安全第一"
C. "质量第一，安全第一"　　　　　　D. "质量第一，进度第一"

55. 项目风险管理是一种项目（   ）的手段。

A. 主动纠偏　　　　B. 被动纠偏　　　　C. 主动控制　　　　D. 被动控制

56. 下列对风险识别的说法，错误的是（   ）。

A. 风险识别的基础在于对项目风险的分解

B. 风险识别中，只需采用单一的分解方法就足够了

C. 风险识别的目的在于确认项目风险的存在及其性质

D. 风险识别的信息源有主观和客观两种

57. 在定性风险分析中，风险的（   ）用于描述具体的风险事件，可以甄别出那些需要强有力加以控制与管理的风险。

A. 风险概率和风险后果　　　　　　　B. 目标维和时间维
C. 时间维和结构维　　　　　　　　　D. 环境维和时间维

58. （   ）在工程项目的不同阶段有不同的表现形式，包括工程项目投资估算、设计概算、施工图预算、投标报价等文件。

A. 费用管理计划　　　B. 费用预算　　　C. 费用估算　　　D. 费用计划

59. （   ）是对现场某一特定的操作和设施进行的检查，如对起重作业、脚手架搭设、临时用电、消防设施等分别进行的检查。

A. 抽样调查　　　　B. 日常巡检　　　　C. 旁站监督　　　　D. 专项检查

60. （   ），即根据进度计划，在某一时刻应当完成的工作（或部分工作），以预算为标准所需要的资金总额。

A. 已完成工作预算费用　　　　　　　B. 计划工作预算费用
C. 已完成工作实际费用　　　　　　　D. 计划工作实际费用

二、多项选择题（共35题，每题2分。每题的备选项中，有2个或2个以上符合题意，至少有1个错项。错选，本题不得分；少选，所选的每个选项得0.5分）

61. 1996年，美国发明者协会第一个提出了虚拟建设的概念，此概念可以分为（   ）几个部分来理解。

A. 设计和施工相结合

B. 通过电子技术进行沟通

C. 业主方、工程项目管理方、设计方、供货方横向联系的管理技巧

D. 基于建设产品和建设过程的信息管理

E. 基于 Internet 的工程项目管理

62. 银行在贷款项目的管理中，贷款基本调查的工作有(　　)。

A. 对借款人历史背景的调查

B. 对借款人行业状况和行业地位的调查

C. 对借款的合法性、安全性和盈利性的调查

D. 借款人信用等级的评估调查

E. 借款人的财务状况和盈利能力

63. 下列不属于工程项目计划的是(　　)。

A. 资源需求与供应计划　　　　　　　　B. 人员组织计划

C. 文件控制计划　　　　　　　　　　　D. 绩效评价计划

E. 评审计划

64. 工程项目管理的目标就是综合运用各种知识、技能、手段和方法来满足或超出利害关系者对某个工程项目的合理要求及期望。因此，首先要认真识别和理解与工程项目密切相关各方的不同要求和期望，至少需要从(　　)等方面来理解。

A. 工程项目具有哪些利害关系者

B. 他们具有哪些方面的要求和期望

C. 他们每一个方面的具体要求和期望是什么

D. 这些要求和期望能否实现

E. 运用各种知识、技能、手段和方法去协调这些冲突并满足或超出他们的合理要求及期望

65. 工程项目的财务管理主要负责工程项目中(　　)等方面工作。

A. 费用预算　　　　　　　　　　　　　B. 各项费用的开支

C. 合同执行的监控　　　　　　　　　　D. 成本控制

E. 办公用品的采购

66. 工程项目目标的特点有(　　)。

A. 多目标性　　　　　　　　　　　　　B. 明确性

C. 优先性　　　　　　　　　　　　　　D. 协调性

E. 层次性

67. 在国家发展和改革委员会关于实行核准制的《项目申请报告通用文本》中明确规定，《项目申请报告》应有"社会影响分析"，其主要内容包括(　　)。

A. 社会影响效果分析　　　　　　　　　B. 行业准入分析

C. 社会风险及对策分析　　　　　　　　D. 产业政策分析

E. 社会适应性分析

68. 银行在对贷款项目的管理实际上是银行信贷管理的一部分。对于工程项目来说，主要是涉及资金的投入与回收，主要特点包括(　　)。

A. 管理的主动权随着资金的投入而降低　B. 管理手段带有更强的金融专业性

C. 以资金运动为主线进行管理　　　　　D. 管理直接作用于工程项目实体

E. 管理过程中资金投入相对巨大

69. 职能式组织结构的优点不包括(   )。

   A. 项目管理相对简单,使项目成本、质量及进度等控制更加容易进行

   B. 项目团队容易沟通

   C. 提高了工作效率与反应速度,相对项目式组织结构来说,减少了工作层次与决策环节

   D. 相对矩阵式组织结构来说,可在一定程度上避免资源的囤积与浪费

   E. 在强职能式模式中,由于项目经理来自公司的项目管理部门,可使项目运行符合公司的有关规定,不易出现矛盾

70. 控制过程是一个动态的过程,为保证项目在进度、质量、费用3方面实现预期目标,根据项目的实际进展情况和可能出现的问题,项目经理在(   )等方面都应进行必要的调整。

   A. 项目组织安排   B. 项目进度

   C. 人员配置   D. 经费投入

   E. 信息通道

71. 银行在对贷款项目的评估工作中,借款人的资信评价主要有(   )。

   A. 借款人概况   B. 经营者素质

   C. 借款人经营情况及发展前景   D. 财务结构分析

   E. 借款人财务状况及偿债能力评估

72. 一次富有成效的项目情况会议可以满足项目团队内的多种沟通需求,其作用主要表现在(   )。

   A. 提升团队凝聚力

   B. 将来自团队外部的有关项目进展信息通报给大家

   C. 发现潜在问题或就共同问题的解决方法进行沟通

   D. 确保整个团队共同分担责任以达成所有的项目目标

   E. 成功实现质量、投资、进度目标

73. 工作分解结构的作用有(   )。

   A. 将项目划分为多个合同,对外发包

   B. 向与项目有关的组织和个人分配任务

   C. 对项目费用和时间进行控制,即对每一活动作出较为详细的时间、费用估计,并进行资源分配,形成进度目标和费用目标,以便实施目标控制

   D. 确定项目需要完成的工作内容

   E. 定义项目工作范围

74. 依法必须进行招标的房屋建筑和市政基础设施工程项目,招标人应(   )。

   A. 具有项目法人资格或者法人资格

   B. 有从事同类工程招标的经验

   C. 有与招标项目规模和复杂程度相适应的工程技术、概预算、财务和工程管理等方面的专业技术力量

   D. 至少具有4名以上本单位的中级以上职称的工程技术经济人员

   E. 至少具有2名在本单位注册的造价工程师

75. 下列属于"综合评估比较表"应当载明的内容是(   )。

   A. 投标人的投标报价   B. 对费用偏差的调整

C. 对商务偏差的调整　　　　　　　　D. 对技术偏差的调整

E. 对各评审因素的评估

76. 工程项目组织管理中常用的部门划分方法主要有(　　)。

A. 职能划分法　　　　　　　　　　　B. 程序划分法

C. 业务划分法　　　　　　　　　　　D. 区域划分法

E. 专业划分法

77. 工程项目人力资源管理的团队组织计划包括(　　)。

A. 角色和职责安排　　　　　　　　　B. 人员配备计划

C. 组织图表　　　　　　　　　　　　D. 有关说明

E. 成员确定

78. 需项目经理决策的问题一般有(　　)。

A. 计划进度的调整　　　　　　　　　B. 项目工作方案的变更

C. 项目团队人员分工的改变　　　　　D. 项目技术方案的修改

E. 项目主体的变更

79. 下列属于工程项目资金来源的是(　　)。

A. 政府财政拨款　　　　　　　　　　B. 预付款

C. 单位自筹　　　　　　　　　　　　D. 赠款

E. 国际金融机构贷款

80. 按国际惯例，建安工程合同价中的间接费包括(　　)。

A. 机械使用费　　　　　　　　　　　B. 工地管理费

C. 保险费　　　　　　　　　　　　　D. 利息

E. 总部管理费

81. 招标公告或者投标邀请书中应当至少载明(　　)等内容。

A. 招标人的名称和地址　　　　　　　B. 投标申请报告

C. 招标项目的内容、规模、资金来源　D. 投标须知

E. 招标项目的实施地点和工期

82. 工程款（进度款）的支付方式包括(　　)。

A. 按月结算　　　　　　　　　　　　B. 年底结算

C. 竣工后一次结算　　　　　　　　　D. 分段结算

E. 其他结算方式

83. 在工程项目进度管理中，工作定义的依据是(　　)。

A. 工作范围大小　　　　　　　　　　B. WBS

C. 工作清单　　　　　　　　　　　　D. 项目范围说明书

E. 历史资料

84. 编制进度计划的依据不包括(　　)。

A. 工作清单　　　　　　　　　　　　B. 已识别的风险

C. 时间估算　　　　　　　　　　　　D. 工程项目网络图

E. 强制日期

85. 下列不属于检验试验费的是(　　)。

A. 自设试验室进行试验所耗用的材料费　B. 自设试验室进行试验所耗用的化学药品费

C. 新结构的试验费　　　　　　　　　D. 新材料的试验费

E. 破坏性试验费

86. 在工程项目进度管理中，工作时间估算的依据有（　　）。

A. 工作清单和约束条件　　　　　B. 资源配备和资源效率

C. 历史资料　　　　　　　　　　D. 已识别的风险

E. 项目网络图

87. 进度计划的优化中，资源优化包括（　　）。

A. 工期最短优化　　　　　　　　B. 费用最少优化

C. 资源有限—工期最短的优化　　D. 工期固定—资源均衡的优化

E. 工期固定—资源最少的优化

88. 建筑安装工程直接工程费中的人工费包括生产工人（　　）。

A. 劳动保险费　　　　　　　　　B. 因气候影响的停工工资

C. 培训期间的工资　　　　　　　D. 劳动保护费

E. 病假在 6 个月以内的工资

89. 在工程项目各阶段的资源计划中，以人力资源的计划为主的有（　　）。

A. 工程项目决策阶段　　　　　　B. 工程项目实施阶段

C. 工程项目竣工验收阶段　　　　D. 工程项目准备阶段

E. 工程项目试生产阶段

90. 在单位工程概算中，建筑工程概算的编制方法有（　　）。

A. 扩大单价法　　　　　　　　　B. 单价法

C. 实物法　　　　　　　　　　　D. 概算指标法

E. 预算单价法

91. 设计过程中的质量管理包括（　　）。

A. 设计经理的质量职责　　　　　B. 设计各部室的质量职责

C. 设计策划　　　　　　　　　　D. 设计工作各有关方的衔接

E. 设计文件的会签

92. 在风险识别过程中，收集已发表的资料包括（　　）。

A. 商业数据库　　　　　　　　　B. 学术研究

C. 基准或其他行业研究　　　　　D. 对将要进行项目的计划

E. 与项目有关的合同

93. 下列属于工程变更的是（　　）。

A. 设计变更　　　　　　　　　　B. 施工条件变更

C. 工程数量变更　　　　　　　　D. 费用计划变更

E. 施工次序变更

94. 在项目的策划决策阶段，HSE 管理工作的重点是（　　）。

A. 定量的风险估计　　　　　　　B. 过程危险评价

C. 对环境影响的评价　　　　　　D. 社会效益规划

E. HSE 评价

95. 设计部门负责编制采购文件的技术部分，内容包括（　　）等。

A. 材料采购清单和技术要求　　　B. 图纸

C. 技术数据表　　　　　　　　　D. 采购说明书

E. 设计项目表

参考答案

一、单项选择题

1	B	2	A	3	A	4	B	5	A
6	C	7	D	8	B	9	D	10	B
11	C	12	B	13	C	14	B	15	B
16	C	17	C	18	A	19	B	20	A
21	D	22	A	23	C	24	D	25	D
26	D	27	C	28	D	29	D	30	D
31	C	32	B	33	A	34	B	35	A
36	B	37	C	38	C	39	D	40	A
41	C	42	B	43	C	44	B	45	A
46	B	47	C	48	D	49	A	50	D
51	C	52	B	53	D	54	C	55	C
56	B	57	A	58	C	59	D	60	B

二、多项选择题

61	ABC	62	ABCE	63	DE	64	ABCE	65	ABD
66	ACE	67	ACE	68	ABC	69	CDE	70	ABCD
71	ABCE	72	ABCD	73	ABCD	74	ABC	75	ACDE
76	ABCD	77	ABCD	78	ABCD	79	ACDE	80	BCDE
81	ACE	82	ACDE	83	BDE	84	AB	85	CDE
86	ABCD	87	CD	88	BCDE	89	AD	90	AD
91	ABCD	92	ABC	93	ABCE	94	ABCD	95	ABCD